不 名 东 西　　且 为 南 北　　●袁方勇

南北

中国出版集团

现代出版社

图书在版编目（CIP）数据

南北 / 袁方勇著．-- 北京：现代出版社，2017.10

ISBN 978-7-5143-6002-8

Ⅰ．①南… Ⅱ．①袁… Ⅲ．①散文集－中国－当代

Ⅳ．①I267

中国版本图书馆 CIP 数据核字（2017）第 248297 号

南北

作　　者	袁方勇
责任编辑	李　鹏
出版发行	现代出版社
地　　址	北京市安定门外安华里504号
邮政编码	100011
电　　话	010-64267325　010-64245264（兼传真）
网　　址	www.1980xd.com
电子邮箱	xiandai@vip.sina.com
印　　刷	北京一鑫印务有限责任公司
开　　本	880×1230　1/32
印　　张	7
字　　数	162千
版　　次	2017年10月第1版　2022年7月第2次印刷
书　　号	ISBN 978-7-5143-6002-8
定　　价	39.80元

艺术现场与自然文学（序）

章碧鸿

　　面南坐北，蟠龙山居就是三间老房子，与蟠龙山村也有一段距离，是老袁祖上留下来的。除了屋檐下"蟠龙山居"四个字有点特殊之外，这里是一个极普通甚至有点破落的地儿。

　　然而三四年来到此逗留，为此吟诗弄文、为此涂墨作画，以及为此魂引梦牵者不下五百人，有人竟将此喻为一千多年之前的《兰亭雅集》。是什么吸引了这些人到蟠龙山来？是什么让这么多人念念不忘？我常常在寻找答案。

　　一个偶然的机会，我走进了"2014温莎美术展"。在三楼的一个房间，我发现二扇窗内有人影晃动。仔细一看，那是大约一个2.5米×1.6米的木盒子，从小门进内，大约五六平方米的地方放着马桶、床、桌子、椅子、食物，一台八英寸的黑白电视机没有画面只是闪烁着，留声机放着音乐，到处都填满了一切生活的设施。里面的两三个人随意地交谈着，进去的人转身的地方也很有限，四周也挂满了各种杂物与器具，有马灯、农具等。我恍惚回到了多年以前，甚至几个世纪以前，进去的人也成了情景中的一个部分，这大概就是美术展要营造的与现代社会产生强烈反差的艺术现场吧。

这让我不得不联想到了蟠龙山居。老屋之简陋与生活之奢华，田野之自然与钢筋水泥之坚固，柴火之土灶与现代电器之灶具，形成了极大的反差，产生了强烈的心理感应。在生我养我的这块土地上，城里人、乡下人其实并不远。多年以前上海人将北京人当作乡下人，当事人深以为然，旁人听起来可笑。如今，一到蟠龙山居就好像返璞归真，心里一下子就静了，这是大多数人的感受。

山不在高，有仙则名，水不在深，有龙则灵。王羲之故里离蟠龙村不远。老袁对老屋稍做修缮之后为了取水方便，在房前院子里打了两口井，第一口打在左边，水不多，又打了右边，水也不多，后来到山里用现代手段引了数里外的山泉水过来。然而这两口井仿佛开了蟠龙山的眼，在我看来似乎是画龙点睛。我把这种感觉告诉老袁，老袁却笑笑，他是无神论者。可我真是这样想的，山居正前方正在建的钦寸水库，移民两万人，龙身应隐在这样的国家大型一级水库的水体里。

山居主人老袁，用文字概括似乎有点难，他既有文人气，又有点江湖气；没有文人之繁文缛节，但对愤青很愤青，嫉恶如仇；他不失彬彬有礼，又有点像山野村夫；他与人不远不近，但又好像不是不温不火。别号清风瘦竹。之前在红色路十五号创办"微流诗社"，处事简单又极有原则。

大家聚在一起就要吃饭，蟠龙山居常见的是红烧肉、炖嫩豆腐、海蜇炖蛋、观音菜、蒸萝卜、炒青菜、煮花生等，吃得人叫好的原因是原汁原味，犹如回家的感觉。红烧肉如果没有东坡肉之称，应改称袁氏烧肉，系老袁最拿手，却要有三个小时以上的柴火工夫，肥而不腻，入口即化，令人叫绝。众人偶尔也带点小菜，如螃蟹、银鳕鱼，也是用最简单之方法做出最好的味道。最近老袁露了一手做红茶的功夫，不时在家钻研，将所制红茶拿到蟠龙山居品茗，也让此道中人为之称奇。

人们往往到蟠龙山居品茗、聊天、吃饭，偶尔写字，谈谈所见所闻或者撮一顿。不是到咖啡馆有商务会谈，不是请客联络政商关系，不是同学聚会，没有利益，没有目的。他们来自四面八方，不为繁华而来，为的是平淡中的惊奇，惊奇中的放松。让繁杂的人脱尘，让脱尘的人脱俗，人们仿佛都觉得自己有了更多的自己。甚至我带去一些老外，也感觉回到了远古的农耕时代。

据说文坛流行之自然文学，亦称环境文学，主要特征是土地伦理的形成，放弃以人为中心的理念，强调人与自然的平等，关爱土地，强调地域感，有独特的文学形式和语言。我忽然发现，蟠龙山居无疑符合以上三个特征，不同的只是产生于"伊甸园"与"新大陆"的美国自然文学是荒野文学，而这里更有田野之温情，松风、竹影、荷花与蝉鸣以及四季变化的瓜果菜蔬、桑枝与杏树。与荒野文学不同的是这里是浓浓的生活气息，有种地、浇水、养牡丹、吟诗、赏荷、书法与绘画；有家常的美味以及参与美味制作的过程；有人生的吐槽与向往、友谊的交汇、灵魂短暂的休息与安宁。

人们走了又来，来了又去。

不是一定要来，也不是一定要去。

一半是山，一半是老袁，好像是，又好像不是。

这里并没有脱离社会、逃避责任、孤芳自赏，而是将人类亲情与大地亲情相连，我们不妨说，蟠龙山居洗涤了浮华世界人的心灵，提升了土地的灵气与人文气息。

这里是艺术的频道，是艺术的现场。

这里是精神世界的频道，也是自然文学。

《南北》，也一样，就像这里。

目 录
CONTNETS

艺术真实与生活真实的断想

前天早上，北京的艺术家韩修龙先生打电话给我，询桃花开时有无叶子长出。

修龙先生是全天候的艺术家，文章及书画皆佳。我刚读过修龙先生为鲁迅文学奖获得者王祥夫先生的作品集作的序。

"桃花初开时，是没有叶子的。"我这样回答修龙先生。

"可是宋代画家画的桃花，怎么叶子这么大呢？"韩先生给了我一个疑问。

是啊，宋人画桃花怎么就叶多且茂呢？难不成宋代的桃花是先长叶后开花的吗？

昨天，得琴家新萍之邀，与画家吕斌、摄影家青暮同访沃洲春色。

老画家吕斌擅画山水，是去写生的。摄影家自是在寻山访水中用光影留住美的瞬间。

我是个兴趣广泛的闲人，既不懂画也不识琴。摄影作品看着眼顺就叫好，琴声听着顺耳就鼓掌。所以吕斌先生去写生，青暮去沃洲湖畔摄影时，我直叫新萍生火。

虽是春天，却逢春寒。临水而筑的沃洲山居，被包围在红花绿叶中，依然透着春冷的味道。我想这也是一种本质和谐，与天地、与湖光山色。火生起了，我闻着淡淡的一股松明味，注意起了院内石头上和墙脚根的青苔。

在新萍的琴声中，这无处不在而又宠辱不惊的青苔在我眼中变得格外清丽。

吕斌老师给我讲起了他年轻时的一段经历。

有一次，在绍兴郊外，有一个老者在作画。他在老者身后蹲了半天。看老者笔走神游，转眼间，一方山水栩栩如生地展在纸上。少顷，老者又移另一座山于画中。

吕斌老师大为不解，问老者，这山，明明在另一处，你这样移到这里就不像了。

老者拍拍年轻吕斌老师的肩："小同志，你喜欢画？"

吕斌老师点头称是。

老者话锋一转："在这里看，是像；放到别处看，是好。"

说到这里时，吕斌老师竟像顽童般顿起足来："你知道那是谁？我真后悔当时没跟他多待会儿。他当时的三句话，影响了我一生。要是多说几句，得益肯定更深。他就是李可染先生。"

我忽然明白了宋人的桃叶为什么画得大了。

我们很重视艺术品的像，却忽略了艺术作品的好。恰巧湖边有枝野桃开得正好，顺手就拍了张照片给修龙兄。感觉新萍的琴音有穿云透雾的力度，青暮的照片有山移海倒的震撼，感觉吕斌老师的素描就在唐朝。

经典怀旧

——九家坞的春饼筒油饺、臭豆腐

九家坞，一个地处旧县城西侧的巷弄名。

巷弄的名字来历我不清楚，但我对这条巷弄很熟悉。

伟的老家就住在这里。

很多年以前，我常在这里玩耍。这条巷弄里有我许多年少时的玩伴。

巷弄并不大，也不长，但很有名。

巷弄里最有名的，是春饼卷油饺、臭豆腐。春饼是薄如蝉衣，油饺黄包包，臭豆腐香喷喷。酥酥的六张春饼叠在一起，放两只油饺，或者两块臭豆腐，抹点蒜泥或者酱，再卷起来。就成了一条春饼。所以春饼又被乡人们叫作"饼筒"。

九家坞不仅春饼有名。20世纪80年代中期，这条巷弄还有一个别称叫"香港巷弄"。缘于这条巷弄里走出来的年轻人，基本都是长头发、喇叭裤。在当时，这种装扮无疑是被当作奇装异服的。穿奇装异服的人，一般总很新潮。我是常常到朋友这儿来听录放机中的磁带歌曲的。那时候，如果有一台四喇叭的录放机，那会让人羡慕得紧。按一下键，卡带的门便自动打开，然后插入卡带，按一下播放键，声音就会从两侧的喇叭里悠扬地流出来。

那时候，我们接触聆听音乐、歌曲的渠道也实在太少。有线广播是家家有的，电视机是罕物，能有台收音机就已经不错了。如果有可以收听短波的收音机，就属于高档人家了。而广播里播出的、收音机里收到的，也基本都是自幼就听了无数次的歌曲。

但录放机不同。卡带里可以听到张帝、邓丽君等的歌曲。在此之前，听这些歌曲，会被视为小资产阶级的生活方式，弄不好就要接受批判。

后来，春饼摊渐渐在这条巷弄里消失，长头发、喇叭裤也不再时髦。

九家坞也渐渐变得平淡而平静。老台门里的人们，也不再引领新潮。

最近几年间，我几乎年年来九家坞走走。著名的摄影家吕立春先生，就在九家坞他的旧宅里办起了摄影之家。他在这里生活工作，指导年轻摄影爱好者进行摄影创作，办摄影作品展，编辑摄影作品集。作为有艺术成就并且年事已高的摄影家，文联每年对这些艺术家进行慰问。因此我常常和文联其他一些同志一起，来看望吕立春先生。

对九家坞的一些陈年旧事，也渐渐淡忘。

前几天，一群老同学忽然怀旧。说要尝尝年少时曾经吃过的春饼筒、油饺、臭豆腐，因此赖上了伟。打春饼、做油饺、煎臭豆腐，是伟母亲很拿手的。但是伟母亲已经很多年不打春饼了，鏊盘、炉子、油锅、小风炉等工具也束之高阁多年。但伟答应了同学的要求，动员了他母亲和两个姐姐做帮手，重新为我们十来位同学做一次春饼筒油饺、臭豆腐，且是绝对按照传统做法制作的。

现在外面的摊点上，油饺和臭豆腐是有的，但与我们少时吃到的味道总是有些不一样。仔细观察了伟家里的做法后发现，现在摊点上制作的油饺和臭豆腐，比传统制作多少有点偷工减料。比如油饺：旧时的做法是先将萝卜刨成丝，然后装进蒲里袋里，将蒲里袋平放在四尺凳上，再将毛竹竿的一头用绳子套在凳子的一端，压在蒲里袋上面。用力挤出萝卜丝里的水分。到一定程度后，才调入面粉，放在模具里进入油锅。这样的油饺，在煮的过程中，会将味道吸入，萝卜丝会重新饱满。咬在嘴里，松而脆。摊点上的油饺，现在是不沥萝卜丝里的水的，所以吃的时候就没有松脆的感觉。

做臭豆腐更是不一样了。首先是原料。现在春饼摊上的臭豆腐，除了豆腐外，用料基本上是化学卤。而传统的臭豆腐，用卤非常讲究。上好的臭豆腐，用的是苋菜梗卤，而且卤水涂在切好的豆腐上的时间也极有讲究。时间长了，臭豆腐煮成后，表皮颜色偏黑；时间短了，又没有臭豆腐的味道。

在伟刚改造过的厨房里，一群同学都成了少年。一面排队抢春饼，等油饺和臭豆腐，一面开始回忆九家坞的种种旧事。

看到这场景，我极有感触。趁天色未完全暗，巷弄里还依稀可见一丝天光，我拿着手机拍了一些照片。我把这天的聚会取名"经典怀旧"。很多同学不仅吃了，还打包带走。还一致要求伟：这样的怀旧要多举行。

蟠龙山的梅事

历来梅为世人所钟爱。古人喜梅,可从梅诗、梅画中体现出来。王安石有"华发寻春喜见梅,一株临路雪倍堆",王维说"已见寒梅发,复闻啼鸟声",更有朱熹作"梦里清江醉墨香,蕊寒枝瘦凛冰霜,如今白黑浑休问,占作人间时世妆"。我想王安石和王维吟的应该是白梅。倒是"墙角数枝梅,凌寒独自开"说的应该是蜡梅。更有红梅傲风雪,尤见梅之风骨。

今年下了几场雪,对梅的期待便多了几分。每每有雪花飘过,总心念着蟠龙山居东侧的那片望不到头的梅林。再忙,也会时不时地去访访梅讯。我的朋友当中,痴梅的人特别多。前年章新萍在河北唐山学琴,我从微信朋友圈中看到她念家乡的梅,便折了几枝蜡梅花快递给她。今年她更是隔三岔五地打来电话讨讯梅开几分了。

何国门兄更是梅中君子。他入梅林时,竟学古人样,吸梅中露水,含梅花瓣在口。逢花驻马的他,对梅简直是痴若蜜蜂迷若蝶。去年正月,有北京韩修龙兄专为访江南梅而来,国门兄是既陪韩兄上蟠龙,又伴修龙兄入金庭,雪夜还须访梅去。后来韩修龙兄写了五万字的江南访梅散记。

摄影家青暮,对梅的兴趣也绝不轻于前面几位。我亲见她钻入梅花丛中,屏气凝神。只听见咔嚓咔嚓的声音。

今年蟠龙山梅事之盛,应是史无前例。几位摄影家,是来了又去，去了又来。爱怀兄前日刚来摄过梅，今天独自一人又入梅海。直到黄昏我离开山居，他还独自在梅花丛中。三番四次与蟠龙山梅语者，断不止爱怀兄一人耳。

我因今年杂事多，去山居赏梅次数少了。我不在蟠龙观梅，蟠龙梅访客多于往常。常有信报说谁谁谁去看过梅花了，谁谁谁又在梅丛中。书家力戈兄，昨日发我图片，说以为我在蟠龙，却遇山居铁将军把门，后来又从青暮的图片中看到了力戈兄的脸容，方知是力戈兄带了一群弟子专程去读梅。国门兄抽了中午时间偕妻同赏。忽接书家光辉兄之电，说要陪人上蟠龙山看梅。心想梅虽近花落季节，人至山居总得招呼杯热茶。于是今天抽了时间上山。车至山居边停下，就见山居门前莺声频传，原来是几位旧识携新友亲近了梅后在山居门前小歇。

蟠龙山赏梅雅聚，原是月中兄首推。后又承国门兄美意，在梅林间搞了次赏梅雅集。吟诗作画挥毫泼墨，演绎了一出人梅情深。搬了画桌去梅林，在梅海中作画吟诗，人与梅融为一体，宛若蜜蜂在花丛中般愉悦。阳光把人的影子与梅树梅花的影子投在地上，煞是好看。随便一瞧，便是一幅极好的水墨。我试想过这样的场景：有雪的日子，在梅边拎一小火炉去，捽了梅上的雪，煮水烹茶，在茶中放几瓣梅，然后歌之饮之，该是多么快乐而忘我的一件事！这时候，一定会物我两忘。

今年蟠龙山的梅事盛了，是山居幸，亦是蟠龙山梅之幸。蟠龙山的梅，没有开在驿外断桥边，也不是寂寞开无主。更有诗、书、画、摄影诸家，在梅林中热情若红泥小火炉，烹出了一壶壶春光。梅有知音，人听梅语。寻芳驿路有山居，香飘四海皆因梅。

石　缘

　　一个多星期以前罢，儿子带了他的同学来吃晚饭。去买菜回来的路上，忽然看到一块石头静躺在绿化带里，露出的一点点颜色让我自然地走近了它。

　　平时跟一些玩石的朋友在一起，偶尔会听到他们说起石头。谢鲁渤应该算是我的朋友中间最会玩石的了，我也去过吕士君的石室，见到过他床里壁都是石头的模样。

　　与石有缘。新昌县的第一个石展还是我操持的。当时我在大佛城的城楼里办公，办公室门前是一个很大的展厅，楼下的房子基本是空着的，所以当章群星过来跟我说陈拥军想办个石展，我答应帮助操办。展出的是一些大型的石头，以灵璧石为主体。那时玩石的人还没有这么多，展出的石头也多为适宜庭院装修假山。恰巧《浙江日报》在新昌举行一个秋季散文笔会，作家们就住在白云山庄。于是就约了谢鲁渤、袁明华、苏向国等几位，触摸了一些石头。此后新昌的玩石成风，当与这次石展有关联。

　　我生性似顽石，常被人喻为"摆不平的三角石头"。虽与石有缘，却从来不曾认真把玩。三十多年以前，俞苗金在武汉上大学，去三峡游玩回来，赠我一块三峡石，上书"慎思"。这块石头，我一直很喜欢，搬了三次家，都没有遗落。不在其石之贵，在乎朋友之谊。搬来搬去都未曾遗失的，还有几方印章，石质都应该是很普通的。有一回，三夫老兄送了我一方不规则的印章石，我让国门老兄去刻几个字。不承料想何国门只刻了"逢花驻马"几个边款，后来得知门兄不刻不规矩的印章，也真是难为了门兄。

今年五月，谢鲁渤来新昌，我与吕士君陪他去新昌奇石城观石。这次，我感觉到谢鲁渤的爱石情结了。在一块广西石跟前，他轻声地把我叫过去，面呈惊讶之色："这块石头只要八百元？怎么只要八百元啊！"我窃笑，把主人潘大林叫了过来。潘大林见谢鲁渤如此好广西石，立马说要赠予。谢坚持要付钱，还悄声跟我说"不要让人家以为我们是打秋风来的"。那次参观石展，我有了一块和田料。我偶尔会把它放在袋子里，闲时玩玩。这大概是我正式玩石的开始。

玩石的人中，我最欣赏的是吕士君。吕公玩石，远近有名。床里桌上，无不有石。连家门口都放有石头一枚。吕公的石头，都是自己亲手在自然里择得的。他会与妻子一起，花三五天，小住溪边，拣水中石。他那块得了一等奖的石头也是他拣来的。我慕吕公对石之痴，也羡吕公不以石谋利之风。所以吕公为文，平实朴素，现自然之势。这想，这玩石、为文、做人，原本也是一体的。

绿化带里的石头，我搬了回来，有点沉。上二楼我还中途歇了次。顾不得洗菜，我先去卫生间洗涮石头。当染在石上的污泥渐褪，我的双眼渐渐发亮。那真是一块上好的石头呢。正在洗时，三夫打电话来邀我共进晚餐，问我在做什么。我告诉他我在洗石头。听得出电话那边他的惊奇。我说我拣了一块好石头，送给你。晚饭时带了相机，将石头的照片让他看了。他亦赞此石。我寻思，这石头跟了石三夫，也应该是物得其主了。可是直到今天，三夫才来看石。看完后并没有马上取走，我也乐得再看几天。

那时候我们只是喜欢诗

在一个微信群里，突然有人叫我社长，勾起了我对诗歌的回忆。

当年的我们，年轻，有活力。二十多年前单调枯燥的社会生活，让一群爱好文学、爱好诗歌的热血青年聚在了一起。

于是，在新昌城关镇红色路15号，一本32K的手刻油印刊物就诞生了。诗社的名字叫"微流诗社"，社刊就叫《微流》刊名还是八十多岁的全国政协常委、著名诗人臧克家先生题的。臧克家老人大家都不陌生，他的名句就是"有的人活着，他已经死了。有的人死了，他还活着……"

那时候，我们只是喜欢诗。

那时候，文学是改变人的生存状态的手段。

那时候的文字不像现在这般自由。但那时候我们热情洋溢。

那时候我们把诗歌比作生活的海洋，那时候我们自以为是流向海洋的一股细流，所以我们把诗社起名叫"微流"。

正是诗歌从口号诗走向复苏的那段时间，小说也渐渐地从伤痕文学中开始走向更接近于文学本身的创作尝试。

已经记不起是谁提议要成立诗社的了。发起的是丁幼源、伏钢和我。丁幼源因为刻得一手漂亮的蜡纸字，就由他来负责刊物的排版刻字。伏刚那时候诗才就显露了，得过福建日报的海山杯诗歌大赛的奖，还去福州领过奖。在那里还遇上了当时红得发紫的舒婷。他回来的时候，是搭军机到杭州的。他说起这段经历，我们都听得口水答答滴。飞机是我们想都不敢想的事。那时候有一辆二十六英寸的飞花牌自行车，已经是一份了不起的家当了，因此，让伏钢负责外联。我好像是负责全面工作，负责刊物的编辑。

第一期刊物，伏钢即约了河北邢台的一位诗人和省军分区一位诗人的作品。我也请龙彼德先生为我们写了一首诗。龙先生当时是《东海》的主编。龙先生跟臧克家私交甚笃，臧老为我们题写社名也是龙先生搭的桥。那个时候，能约到名家稿，大抵不亚于现在能组到当红作家的作品。

刊物相当简洁。用粉红色的厚纸做的封面，页码好像也不多。油印在16K纸上，对折后装上封面，就成了一本刊物。

我们将这本刊物分别往杂志社和知道地址的诗社寄。感谢中国邮政，那时候寄稿件是不要钱的，只要在信封上写上"稿件"两个字就可以免费寄。再后来写上"邮资总付"四个字也可以，我到现在都不清楚这"邮资总付"到底是谁在买单。

安徽有一张报纸叫《诗歌报》，诗社成立后，《诗歌报》给我们发了一条消息，这开启了正式的对外宣传。后来，我们与《星星》诗刊、《绿风》诗刊、《诗人》《诗潮》《诗林》等诗歌刊物有了进一步的联系。全国各地的一些自发的类如我们一样的诗歌社团与我们有了联系。我们会不断地收到他们邮寄过来的交流刊物，因此也多了与诗友们的交流。现在诗坛上很有名的一些诗人，也与我们有过交流，像查海生（海子）、韩东等，我们会时不时地收到他们的刊物。为了给油印的《微流》增加点知名度，我还约到过日本早稻田大学中国文学研究所所长松浦友久的诗作。杭州大学晨钟诗社、浙江师范大学黄金时代等文学社团与微流诗社结成了良好的关系。互相学习、互相勉励，引成了良好的交流。

微流诗社的成长，离不开爱诗的诗友的支持，特别是本地的诗友。有一年，我跟我的一位朋友说好，让他赞助一次诗歌比赛。因为是县内的活动，我联系了广播站的副站长祝诚，得到了祝诚的支持，并同意以广播站和微流诗社的名义联办这次活动（祝诚后来调到绍兴参与了《绍兴晚报》的创办并长期担任《绍兴晚报》的总编）。并通过有线广播，播出了比赛的通知。后来，广播站的站长找到我，说这条通知播出后，他们被批评了。他也狠狠地批评了我，说这次比赛必须取消。我找到了诗友王中海。王中海当时是县委宣传部的副部长，听我说明了情况后，告诉我："取消就不要取消了，我给你一首诗参赛吧。"后来我跟站长说："部长都来参赛了，你说这个比赛要取消吗？"站长没有再说什么，算是默认了这次比赛。此后知道，原来批评站长的是县委宣传部的一位俞姓干部。这次比赛的举办，使微流诗社迅速壮大，很多诗歌爱好者都纷纷要求加入。

　　县文化馆的副馆长潘表球先生，是纯文学期刊《天姥山》的创始者之一，他对诗社倾情支持。县文化馆有一些诗歌活动，他都会放手让我们去做。我们在潘先生的支持下，连续参与主办了好几期中秋赏月诗会。

　　微流诗社成立之后，县内涌现了很多文学社团。比如儒岙的雏燕文学社、潜溪文学社。还有一些学校也组建了文学社团，比如儒岙中学有繁星诗社。这些文学团体的建立，对营造新昌的文学氛围还是有十分重要的意义的。《新昌县文化志》对文学社团做了专门的收录。现在很多的诗人，就是从那时候开始爱上诗歌创作并且坚持了下来的，并且取得了相当的成绩。

　　诗歌是美好的。即便当时热爱诗歌，后来因为各种原因不再写诗的朋友，也难忘当时的爱诗情结。前几天我读到浙江美力股份有限公司董事长章碧鸿先生的诗作后，更坚定地相信了这一点。

南北
NAN BEI

章碧鸿先生当时就是龙山诗社的重要成员。

微流诗社存在的时间并不长，到正式成立新昌县文学工作者协会（作家协会前身）时，微流诗社就停止了活动。各文学社团的中坚力量大多加入了文学工作者协会。臧克家先生的题字，也被一个搞收藏的朋友生拉死扯地拿走了。

微流诗社作为一种文学形式的存在，是过去了。但记忆却不会淡去。我在20世纪80年代中国民间诗歌报刊发展备忘录中查到了《微流》诗刊，兴奋不已，毕竟，作为一滴水，《微流》也流过诗，怀想过美好。

现在，我们依然喜欢诗歌。

现在，诗歌依然是我们不可或缺的精神食粮。

现在，我们依然在理性的思考中追求激情和卓越。

三人成道

　　叶延滨先生在一次诗歌活动启动仪式上的讲话给我留下了很深的印象：我们是来向天姥山学习的，是来向天姥山下的老百姓学习的。我以为这是真正的诗人的姿态。诗歌是一种高雅文化，但它必须从民间汲取养分，并且将思想还给民间。如果诗歌没有从贵族文化中走出来，那么诗歌的生命力必将有限。即便风花雪月，即便宫廷诗歌，诗人赋予的还是从民间思想中提炼出来的精华，最后将这些精华还给民间。平民化的诗歌更适合贵族阅读，何况我们所处的时代目前还处在"有富翁但没有贵族"这样一种状况下。

　　于是，在大佛寺、在千丈幽谷、在天姥山古驿道、在沃洲湖真君殿，我看到的是诗人们充满好奇的眼光。相信这些眼光过后，他们会对天姥山做一些新的思考，做一些新的定位。山水其实是文人的山水，"天下名山僧占多"，古时候这些僧侣当中不乏诗僧，他们的笔赋予山水以灵性，于是一座座山成了佛，一道道水成了仙。今天的诗人，把他们对山水的思考融入到诗当中去，于是旧日的山水便会成为明天的风景。

　　叶延滨坐在司马悔桥上拍照片，我说叶老师你成道士了。他笑笑。接下来我们在桥头拍三人合影的时候，叶延滨对我说："三人成道，这回才是真正的道士。"话不深，意有点重，这符合叶延滨含蓄的诗歌风格。

诗人只在走马观花，走马观花也很不易。虽然没有深入天姥的心脏，行走在古驿道上的诗人的眼神和他们的交谈告诉我：这样的地方是值得一走的。李松涛说，论山水，辽宁的山水比这里更奇、更秀、更清，但辽宁的山没有如此深厚的文化积淀。李小雨则对水冲木化石有非常的兴趣，站在木化石边上，兴致勃勃地照了好几张相片。诗人并不活跃，他们行走的步履是稳健的，他们的思索是独特的。这可以从现场的题书中看出来。张同吾先生的诗歌评论写得非常好，他的书法作品也非常好。昨天早上，中央电视台还在播出有关他的专题。有趣的是这位张同吾先生居然改了我的名字。他题笔为我写字的时候，问了一下我的名字，他大概听错了，看他写的时候，我也将错就错地没有指出来。于是我便多了一个叫张方的名字。他题的是"张弛有度方圆自如"，落款处还写了"张方先生雅念"几个字。我也不想去纠正他，那个时候想起了王子猷雪夜访戴。而舒婷，那个因一首《致橡树》而让世人熟知的女诗人，则一言不发，不知道她是不是准备与新昌的山水对话。

因为对军人有一种特别的情感，所以我跟两位来自军旅的诗人接触多一些，他们是海军少将祁荣祥和空军大校李松涛。年轻时就挺喜欢李松涛先生的诗，这次唯一有关诗的话题也只跟李先生谈起过。看来李先生还一如既往地自信着并喜欢着他的诗歌（他是鲁迅文学奖得主）。对祁将军的了解，则是在为他做书童时。祁将军不善言辞，先题了一幅"上善若水"，然后为我题了一幅"亮剑"，尽显军旅诗人之风采。一位跟着妈妈来的上幼稚园的小朋友李昊楠，说要一幅将军的字。我很喜欢这个小女孩，我跟祁将军说让他为小女孩题幅"剑气琴心"的字，祁将军想了想，对我说："写剑胆琴心好不好？"我想了想，觉得这一字之改更好。落款处，当将军写了"布衣将军祁荣祥书"这几个字，着实让我感动了一回。

曾跟李小雨讨论铁凝的错别字。李小雨的观点跟我一样：错了就是错了，错了要勇于承认并改正。并说她以后得多上上网了，还有傅天琳，说回去要搞个电子信箱了。

活动中活跃着的总是那些年轻人。几位分别来自美国、德国、加拿大、多哥、土耳其的外国留学生在古驿道上非常欢快。此前他们还在抱怨着说"这次来感觉总是在上车、下车"，那是因为第一天的时间排得太紧。昨天他们很放松，那个美国来的汉语讲得最好的女孩子居然钻进了厕所要拍照留念，也许她还没有见过如许的厕所吧。但我感觉她的文明程度确实有点高。她要与一位坐在石头上的老大爷拍照留念而征求意见，老大爷因为听不懂她说的汉语，连连摆手。当我明白过来她的意思并征得老大爷同意，让她坐下拍照时，她说"这是一定要老大爷同意的"。我没有记住他们的名字，但我记住了他们，一群喜欢汉文的年轻的外国朋友。他们也同样喜欢着诗歌。

写此文前，突然收到了著名诗人李犁的一个幽默短信，感觉挺好。这个某电视剧制作中心的艺术总监，总是有些与众不同。在旅途中，他从来没有跟我谈过诗歌，他跟我谈的是现在电视剧的剧本。

诗是有一定外部形式和内核的，但诗人是随意的。就如其他人在真君殿里面挥毫，而李松涛、傅天琳、李小雨则在大门口谈诗一般。

南北
NAN BEI

风景会越来越好

——石三夫三周年祭

又是一年，三年了！

我看你来了，兄弟。

今天来看你，没有了以往那种悲痛的感觉。不像去年那般行色匆匆，没有给你点一支烛、上一根香。可见，时间真是个好东西，它会治愈一些东西，比如失去兄弟的痛楚。

我从从容容。我有心思欣赏路旁的景色了。我给你带了几本书。一本杂志是新出的《天姥山》期刊，这是你平时所关心的。另一本是你的《敲水蜡烛去》。现在大山里有水蜡烛了，要不，我们一起敲水蜡烛去？

你的庭园，依然如往日般沉寂，只有风声鸟声。我环视了一下你的四周，群山环抱，苍松守户。在这样的环境中，你天天可与自然万物谈古论今，与鬼神海阔天空。

三年，在人世间，会经历多少沉浮！你却可以散淡地看，不开口问一声世事。

牡丹被你越养越小了，幸好我还能看见几个休眠着的叶芽，证明它还活着。

弟兄们是一如往常般记挂着你的。你不在的日子，弟兄们总感觉少了一些情趣。

追思会开了无数次，今晚又相聚。日子是前天定下来的。我在你屋前对你说过，你要是有空，就来参加吧，我们会为你备一杯薄酒放一副碗筷。我们视你就在我们中间。

今天的天气比去年好像温暖了许多。只是你门庭外的那棵大松树，被打上了点滴。它也萎黄了，在自然面前，人类会变得十分渺小。虽然人们尽力想保住它的生命，但就像三年前你还是离我们而去了。

小潘说要给三夫叔叔带点经去，我没有反对。五部《莲经》，五部《心经》。对你来说，是小儿科，但就财富来说，大富贵是由小财富积攒起来的，小河有水大河满嘛！我是个唯物主义者，但我不反对唯心主义。就像当今世上，到处都是唯心的学说，我也能接受一样。唯心为上，修缮自己的内心，总是好的。

我坚定地要去看你，却与唯心主义无关。我们是兄弟，我们只是思念你！

《敲水蜡烛去》获得了鲁迅文艺奖的提名，虽然最后结果尚未出来。我在这里告诉你，只是想对你说，你生前的创作，是获得肯定的。特色，永远是难能可贵的艺术。

白乐天说"东南山水越为首剡为面，沃洲天姥为眉目"，我想不出来东南山水的嘴和鼻在哪儿。你有空，你就慢慢研究研究吧，这也符合你平时的生活习惯。

我来看你了，我又走了。你自己保重，知冷知暖。我们会越来越老，但风景一定会越来越好！

今晚，我们在等你，兄弟。

南北
NAN BEI

怀念时刻，问声好

　　我一直保存着一本油印的刊物，刊物的名字叫《山花》，编者是浙江省文成县文化馆编辑王嘉棣。我一直记得老师的名字。

　　20世纪80年代初期，文学是座独木桥，很多文学青年都在这座独木桥上打转转。我也是挤在人群中的一个。

　　那时候，写的人多，可以发表的地方很少。如果能在国家级的刊物上发一篇小说，那是可以解决生计的事。很多著名的作家也是从那个时候走出来的。全省也就一家文学期刊，是省文联的《东海》。省作家协会也没有独立建制，是文联下面的一个团体会员，《江南》杂志也不曾创办。

　　好在思想解放初期，一些县级的文化馆纷纷办起了内部交流的文学刊物。

　　像我这样的文学青年，水平是断到不了可以到公开发行的刊物去发表作品的。这从我压在地下室里的一箱退稿信中可以看出来。能在铅印的退稿信中读到编辑点评的片言只语，会兴奋好一阵子。那时候的编辑，是极认真负责的。

　　我也不知道是从哪儿知道《山花》这本刊物的。反正我是将写出来的小说通过"邮资总付"寄给了《山花》，后来就收到了《山花》，一本打字油印的16K刊物，很文学的一本杂志，里面只发小说、散文、诗歌和评论，我从《山花》里看到自己的名字。虽然之前，我也曾在《天姥山》山上发表过一些文字，多为诗歌或者散文，而且从某种意义上来说，是因为《天姥山》的编辑潘表球老师看我文学之路走得痴迷又可怜，给我一点希望而已。但像模像样冠以小说的作品，是第一次发表。更重要的是，过后我收到了他们汇给的稿费。稿费虽然不多，但足可以维持几天的生活。以后，我不断地给《山花》投稿，《山花》也不断地发表我的文字。我对文学的热情是《山花》给的，路走到现在，我特别要对《山花》说声谢谢！

　　一直到我参与编辑《民间文学三套集成》。这是国家文化部、民族宗教事务局等机构发起的全国性的大面积文化遗产抢救工作。我在杭州海军疗养院参加培训时，看到了名单上的王嘉棣老师，才见了第一面。可惜当时通信手段不及现在，连打个电话也难，见了嘉棣老师一面后就再也没有联系过，但我时常念及。

　　2014年在全国海洋文学大赛的颁奖仪式上，我见到了文成县的文联主席，打听王嘉棣老师，他一脸的茫然，想必嘉棣老师应该是早已退休。我要说的是，我真的很想对嘉棣老师说声谢谢，如果没有《山花》当初给了我鼓励，我不一定能坚持这么些年。虽然直到现在，我并不知道我的路有没有走对，但走过来了，我必须感恩。我不喜欢假设，脚下的路有千万种，但人只有两只脚，走的终归只有一条路。无论走好走坏，走到现在也属不易。所以我必须感恩，在人生道路上，我必须心怀感恩的人和事很多。

　　不知嘉棣老师可好，《山花》还在否？相信多年以后，我依然会挂念嘉棣老师，怀念这本文成县文化馆编辑的《山花》。

南北
NAN BEI

小 暮

她来了。

她来了又去了。

她去了。

她去了又来了。

去年整整一年，我都被她所牵动着。

她的喜怒哀愁乐，成了我日常生活中的一部分。

与她相识，只是生活中的偶然，但这偶然，竟成了我一世难解的心结。

每天，我的眼前都会晃动着她的身影。

她走了，走得义无反顾。

空余我满腹的惆怅。

那一湖曾经宁静的清水，因为她的存在，而荡开过一阵一阵的涟漪。

实际上，她走是有先兆的。只不过因为我的粗心，或者因为我的错误。

我固执地以为，只要为她不断地付出，她就不会离开我。

然而我错了。这确实是一个天大的错误，以至我的后半生，将常常为这个错误埋单。

她是无意间闯入我心中的，确实很无意。

我不喜欢蓄意或预谋。

她来的时候，我正眺望远方的虚无缥缈。

我把目光移回到现实中，慢慢地变得十分认真，为她的一颦一笑。

她去的时候，我的脚下已经长满了青青的绿草，我的心中已经盛开了朵朵鲜花。

我忘记了，青草也会枯败，鲜花也要凋零。

世间万物莫不如此的道理，我懂。

但我总想留住她。

其实，留或者不留，都由不得我。

当我的目光捕捉不到她目光里的回音时，她已经准备远离了。

她是温顺的，她从不拒绝好意。

她又是狂傲的，没有什么力量可以让她违背自己的意志。

就像她来得偶然，走得必然。

我不相信天命，但我正视现实。

月亮旁一颗寒星破灭了，那有什么关系呢，只要记住她，曾倚着月光闪烁。

去年，她曾经那么热烈地陪伴我，在林间、在地边、在空旷无际的原野上、在松涛中、在梅海里。

我只是遗憾，此一去，将无法在冬天让你跟我围炉，无法在夏天为你撑一把遮风避雨的阳伞。

外面的世界很精彩，外面的世界很无奈。

冷冷暖暖，你自己注意就好。

要是倦了、累了就再来吧。山居依然有我灼热的期待。

小暮，是一只猫的名字。

附记：这生灵，天生是为自由而来的，是来无踪去无影的那种。去年，她还曾产下一窝崽。后来，她和崽都走失了。先是小暮，后来崽也走了。小暮还在去年的梅花雅集中用爪子画过一幅梅，是国儿兄扯着她画的。

桃花如何若牡丹

养了多年的牡丹，种了多年的桃树。自去山居耕读，牡丹与桃树，成了我不可或缺的陪伴。

牡丹是悉数从洛阳运过来的。一些是我从洛阳转道郑州，从万米高空携至山居。一些是碧鸿兄见我如此喜欢牡丹，特意托人从国家牡丹园采后空运过来的。还有一些是我在洛阳的好友吴建林兄每年赠予的。

牡丹之好，人所共识。"唯有牡丹真国色，花开时节动京城"，已是人们耳熟能详的诗句，也足见牡丹的魅力。唐玄宗与杨贵妃沉香亭前赏牡丹，李白一瞄牡丹，便写下了千古传唱的清平调三首："云想衣裳花想容，春风拂槛露华浓。若非群玉山头见，会向瑶台月下逢。""一枝红艳露凝香，云雨巫山枉断肠。借问汉宫谁得似？可怜飞燕倚新妆。""名花倾国两相欢，常得君王带笑看。解释春风无限恨，沉香亭北倚阑干。"

桃树是我的朋友徐行平从奉化运过来的，能结当地著名的水蜜桃。我把它种在东侧的空坛基上。我种桃树，主要是为了赏花。"去年今日此门中，人面桃花相映红。人面不知何处去，桃花依旧笑春风。""二月春归风雨天，碧桃花下感流年。残红尚有三千树，不及初开一朵鲜。"李白也写过桃花："问余何意栖碧山，笑而不答心自闲。桃花流水窅然去，别有天地非人间。"最著名的当数白居易的"人间四月芳菲尽，山寺桃花始盛开。长恨春归无觅处，不知转入此中来"。

桃花与牡丹，就这样在我的山居结了缘。

桃树长势甚好，赏花摘桃，是山居之乐事。那年我新引了几个牡丹新品，而桃树过于茂密，被我修掉了半枝。"甲午深秋，白露过后。吴兄建林自洛阳物流国色天香数枝于我。拟将山居东侧建成牡丹园。栽毕夜色朦胧，仿若花开境已现。"我在微信朋友圈里这样设想我的牡丹园。

不承想，朋友圈发出，鲁渤兄立马微信问我桃树的去向。鲁渤兄是吃过桃子的，他后来在他的一篇文章里写道："我想我那天在山居吃的桃子，就是此处所栽种，遂在微信上问其桃树去向，答说还剩半枝。虽不免遗憾，但待来年牡丹开时再去，坐拥一派国色天香，美妙哪里会输于吃几个桃子。这么一想，桃子也就不在话下了。"鲁渤兄是文章大家。写诗时，读者评他的诗歌比他的散文写得好，写小说时，朋友又说他的小说写得比散文好。虽然我们相聚，从来也不谈文字。有一年他还打趣："老袁啊，我们都是写文章的，难得聚在一起，还文章文章的，累不累啊！"但我能坚持这么些年的耕读，多少还是受了他的影响的。可惜今年牡丹已开，鲁渤兄尚未来"坐拥"。

连谢鲁渤都认为牡丹比桃子重要，我也就心安理得地只留了半枝桃树在牡丹园里。

那年我在咸阳杨贵妃的墓地里，见着那棵足有一人多高的牡丹。虽然不是开花时节，但我还是被深深地吸引了。我只在牡丹树边上久久伫立，心想要是这次能带枝牡丹回去多好。墓地的领导很是客气，送了些贵妃墓的土给我们。盛传把这土搅在粉里搽脸，可使皮肤与容貌更加细腻白洁。有许多人在盗挖那里的土。这大千世界，信这信那的人还真多。结果我是把土撒在了洛阳，带了洛阳的牡丹回来。

牡丹素被称为国色天香，又被很多人视为富贵的象征。既不富又无贵的我，没有来由地喜欢牡丹。无论它的花色，也不管它的瓣型。

终于有一天，我发现了牡丹的刚烈。正是这刚烈，让我对它喜爱有加：原来，牡丹是有独特个性的，它不像其他的花，谢落时一瓣一瓣地凋零，它要谢落，就整朵落地，大有"宁为玉碎，不为瓦全"的气节。

我常常待在牡丹园里，看桃花开，看牡丹长，不厌其烦地松土施肥。牡丹开时，桃花已落幕。

可是今天，我惊奇地发现，在桃树的顶端，居然还有一朵桃花。这桃花很显眼：花朵比平时的桃花大了四五倍。花色比平时淡了许多。我凑近一看：天哪，这分明是桃树上长出的牡丹花！我惊呆了，真的惊呆了。放在牡丹花中，谁能分出桃花、牡丹？难道真的桃花羡了牡丹，也要学着牡丹的模样？

桃花因何若牡丹？假设了一千次，答案依然在牡丹般桃花的骨子里。

感恩人间情谊

　　有友自沪上来，送我一本有峻青先生和社长李小林，执行主编肖元敏、程永新，副主编钟红明等诸多签名的《收获》，很是喜欢。大凡爱好文学的，都知道《收获》是一本文学品位极高的杂志。峻青先生又是位在文学界极有影响力且德高望重的老作家，曾执掌《文学报》多年。能得到这样一本杂志，自是满心欢喜。对于作家来说，能登上《收获》的大堂，是梦寐以求的一件事。我自知与《收获》的要求差太远，所以从来不敢冒昧。在我的印象里，上海的杂志对文字的要求实在太高。我只在上高中时不知深浅地往《萌芽》投过稿，得到过编辑老师的亲笔回信指导。早几年在上海遇见《萌芽》主编赵长天先生时还笑着谈起过。

　　我从来不搞收藏，我唯一能做的，就是欣赏朋友那些琳琅满目的收藏品，时不时地去朋友那里饱一下眼福。还有一些艺术家和文朋诗友，会时不时地送些他们作品给我。几年下来，我竟然也有了一些与收藏有关的物品。比如书画作品，比如签名本，比如紫砂壶，比如手串，等等。闲时，翻翻这些物件，脑子中会浮现当时得到这些时的情形，情谊和回忆都会在此中得到体现。

　　算起来，类似的作品也应该不下百件了。

　　本地的一些艺术家，力戈、月中、国门、切民、杨轶、国红、国儿、志良、中梁、光辉、扶真诸兄友（不一一列举）的作品，我会时不时地翻看。他们的作品会让我感到浓浓的情谊。外地的艺术家的书画作品我也有一些。六朝古都南京的一些书画家与我交情甚笃，其中有金陵画派传人和新金陵画派传人的作品。老画家潘小庆先生是我一直敬仰的画家，人品和画品我都极为敬重。"好玩，玩好"几个字，道出艺术的个中滋味。还有杨文龙、胡春宁、马光启、兰兰、陆正祥等诸多书画名家，对我是有求必应。他们来山居，我以粗茶淡饭待之。我欲求书画，他们必以精品付我。亚明先生的入室弟子、新金陵画派重要代表人物杨文龙先生，仕女画得出神入化，对我说"哥哥没有别的本事，只会画画，弟要画，尽管开口"。还有近几年画兰画得风生水起的兰兰女士，从来都没有拒绝过我讨要她的作品。一群玩书画文字的艺术家，与我这位在蟠龙山散淡耕读的人，结下了如此深厚的情谊，令我感动终生。

因为从文多年，所以亦交了一些作家朋友。谢鲁渤、嵇亦工、孙昌建、龙彼德、马炜、谢方儿、斯断东、蒋立波等会时不时地给我惊喜。他们的作品，我都是用心去品读的。

天地有造化，人间情谊在。遇上了，就要珍惜。得到了，就要感恩。

一转眼，我们就老了。一转眼，这些都会成过眼烟云。一转眼，这些都成了昨天的故事。

回味和回忆，很有必要。

行走在精神里

　　午夜过后回家，发现摩托车不见了。昨天刚刚加了满满的一罐油。小偷真会选择时机，这是我脑海中浮现的第一个念头。我的摩托车的里程表，永远定格在某几个数字上了。里程表是早就坏了的，维修一下也就二十来块钱的事情，但我一直没有去修，因为我在心里对自己有一个承诺。这些年来，为了尽量拖延22222这个数字的到来，我决定不修了。现在海阔天空了，这组数字也似空气和水一般飘散在空中了。

　　这是我失窃的第二辆摩托车。相信它离我而去的时候，还保留着我的体温。刚刚昨天，我还在骄阳底下骑过它。这一中午的一骑阳光竟成了最后的绝唱。就在前几天，妻子还说这么破的车谁会来偷、谁会要。想起了第一辆车的失窃，也是因为转了一下要被偷的念头而被偷的。那天，车子在雨棚下，我的一位在交警队工作的朋友来看我，看到我的摩托车，惊讶地说："你的摩托车居然还在！"结果那天晚上它就被偷走了。有一次我在大街上看到我的牌照装在另一辆黑色的车子上，我将它拦了下来，那个车主叫我不要报警，说宁愿将他现在开的车抵给我。我将他拉到了公安派出所。事后知道，他只是用了我的牌照。公安叫我们自行协商，最后我是连牌照都索性送给了那个人。

　　眼前车子又一次被偷，感觉冥冥之中却有很多的不安在困扰着我。细细回味起来，一切都有冥冥的昭示。白天，领导来接我去办公室的时候，他自己坐在副驾驶位上，却把方向盘让给了我。10点多钟，刚刚打开的网站突然就该页无法显示。冲凉时，热水器忽然没有了热水。关注着的人没有了音讯。秘书长的电话。一位即将援川的版主的饯行方式还没有定下来。平时觉得很好吃的菜，晚餐时觉得味道太重。晚餐是与统计局的王局长、梁副局长及盛主席、商副主席一起吃的，晚饭时还草谈了一桩征文启事的意向。晚饭后，一个人在大街上东游西逛……

　　天热异常，感觉这是2008年最灼热的一天。奥运会上，夺金呼声很高的刘翔因腿疾退出了比赛。

　　冲完澡后，拉了一个朋友开着摩托车，在县城的大街小巷转，渴望奇迹突然出现。幻想最终被打破。

　　在一位朋友的QQ上留了一段话：生活还得继续，太阳还会升起。小偷也还会不断地滋生。

　　塞翁失马，焉知非福？昨天读庄子今天看老子。以天人合一看世界，以水的形态看人生。

　　一位朋友说"我们应该走在生活中，行在诗意里"。原来即使失去，我依然可以行走在精神里，于是不再为摩托车的失窃而心疼。窗外，竹子上的几枚枯叶正俯看着新生命的诞生。

寻找瓢虫

寻找瓢虫的起因缘于蚜虫。居住在套房之内，沉闷且无绿色，于是就去弄一些花花草草的颜色来置于阳台，天长月久，便日久生情般钟爱起这些小生命来。快乐亦就在其间。不擅花道，花草自是栽种不好，更要命的还是刚钻出地面的嫩叶上便会有饱食了生命汁液的似细灯笼一般的蚜虫。

蚜虫从何而来当然不得而知。据有关人士说，蚜虫传播的途径很广，比如风。亦即是说，有绿色生命的地方就有蚜虫。这蚜虫之害绝非一言二笔就可以说清楚，刚刚还是青翠滴绿的嫩叶，一夜下来就成了干姜瘪枣。看着嫩叶上面密密麻麻的蚜虫，忽而想到庄子的话，"鹪鹩巢于深林，不过一枝；偃鼠饮河，不过满腹"；又想起"秋虫春鸟，共畅天机，何必浪生悲喜？老树新花，同含生意，胡为妄别妍媸"。于是也就听之忍之了。

然而，谁料想放任蚜虫的结果竟然是令栽种的花草毫无生机可言，于是就痛下决心，一定要消灭蚜虫。决不能让它们高唱着"我们是害虫，我们是害虫"的歌来残害我精心呵护着的花花草草。

有报纸消息说，淘米泔水可以驱蚜，一试却不灵，况且，嫩绿的叶脉上沾上白乎乎的淘米泔水渍也不好看；又有人说用香烟过滤嘴浸泡水中可以杀蚜，就依法效之。几天下来，蚜虫死了，花草也奄奄一息。过不了几天，花草还未见勃勃生机，蚜虫却又大军团集结。农药当然可以灭杀蚜虫，然居室里面是断不可弥漫

南
北
NAN BEI

农药味的，自家闷煞，邻家愁煞。这蚜虫着着实实成了心病一块。

　　如此苦衷，不免逢人就说。于是某日就有搞农科研究的杨告诉我：用天敌除蚜。蚜虫的天敌很多，其中以七星瓢虫为好。七星瓢虫我是见过的，小时候在棉花田里去把它捉来，装在火柴盒里，听里面窸窸窣窣的声音，觉得很好玩。而且瓢虫色彩斑斓，黄黑红三色相间，极是分明。恐怕我对色彩的认识也就从那时开始。每每见到中央电视台电视剧频道片头上的那只七星瓢虫，总是不胜感慨。

　　为了阳台上的那片绿色，我开始去找寻瓢虫。从前，瓢虫是随处可见的，即使是在城里，只要找到有一丛竹、一枝树的地方就可以捉到瓢虫，现在却难寻了。即便有树、有竹，也不一定有瓢虫。有国外归来的朋友告诉我，瓢虫在许多农业国家里，是有得卖的，他们也用来灭蚜。我们毕竟重视生态还没到这种程度。

　　上了山，东找西寻，蝴蝶纷飞，鸟音空远。柴草茂密，行路艰难，一不小心，便有荆棘蒺藜拉扯衣裤。脸上、手上渗出血丝，瓢虫的踪迹却难寻觅。好不容易在一簇野竹篷里见到曾经熟悉的身姿，却又在一抓一扑间飞走。逮住一只，一数它身上的斑点，居然星星点点有九颗。打电话给杨，杨说九星就九星。

　　总算是抓了几只瓢虫回来，也不知除蚜的效果如何。只是感叹：现在瓢虫是越来越少了！

沃洲山居雅集小记

甲午暮春，沃洲山居主人新萍，因其师天桓临十字路，遂邀新昌文艺界同仁雅集，余幸列其中。又得月中、力戈、国门、斯鸿、道于、任峰、庆伟、超峰、旭东等书画家共鸣。学界前辈、当代文士中首驻沃洲之肇明拄杖前行。天桓先生系琴界耆宿，九嶷派第三代传人。文星小晟、月中夫人唐瑛、道于妻旭东爱及肇明夫人忙于厨下，炒山涧竹笋，煮新捕河虾。新萍夫君国才及小女洁汝，穿行于堂前书房。国门膝下公望、道于门中泽乙则东蹦西乐。间现新萍古琴蒙师伯元及天桓高足来江身影。

席间，天色渐暗。山水天共一色，朦胧间若置世外。酒至微酣，声已和合。浅尝沃洲一滴水，更添人世数分情。隐闻琴弦已调，坐等天地共一醉。

《良宵引》起，《流水》情深。《平沙落雁》起落飞鸣、回翔呼应，《渔樵问答》再现"古今兴废有若反掌，青山绿水则固无恙。千载得失是非，尽付渔樵一话而已"。稽康一曲《广陵散》，千古绝唱传至今。丝弦初调，三千年琴韵现沃洲；钢弦再续，数十载书香流指尖。琴台不辞旧交，山居喜结新朋。琴声起时，众人侧耳；丽音稍息，掌鸣如潮。孩儿不发童声，屏气凝神聆奇音。天桓奏后，伯元抚弦，来江初歇，新萍再调。九嶷派行云流水，广陵人跌宕起伏。或虫爬，或蛇行；或惊涛骇浪，或静若今夜之沃洲。琴分流派，犹若地分南北。盖因同地不同域也。然九九归一，终究伯牙子期，同属士无故不撤琴瑟，亦觉人本有雅俗之别。

左琴右书，人皆羡之。琴声过后，移新萍琴房。主勤，案上已备笔墨纸砚。力戈飘逸，挥笔首书"抱石听泉"；国门聪慧，毫端竟流"曲高和众"。月中兴起，墨兰深浅自见功力，又书"曲尽其妙"，更有道于上心，泼墨作山水画毕，题诗曰："间气森罗古沃洲，晋唐逸韵满林丘。孰言世上广陵绝，良宵一曲数风流。"诗由月中录之画中，合璧之作也。天桓抚琴之手握笔，再书四字：群贤毕至。

放眼沃洲湖面，轻风过处，但闻鱼声。有钓者灯火，忽明忽灭。视野可及之沃洲山，轮廓隐约。慨感国门所言：江山风月，但由闲人做主。

乙未蟠龙山居雅集记

山居迎高朋，梅海遇佳友。

正是阴雨初歇时，黄土粘鞋现客情。岁末相约雅集去，新春守诺访梅来。山居有幸，梅海临福。闻梅识春讯，踏泥闻佳音。何兄国门，携妻斯鸿，才食梅味又进林海。山居之梅，无驿外断桥之孤，且喜与雅士为友。有小波、国儿、杨轶、新萍、道于、闽怀等书画名家，有郁葱、群星等著名诗人及履新之文联主席伯增和摄影家富明，更有北来寻芳客，沾雪融香海。韩师修龙，专为江南梅而来，应门兄之邀，到访山居。道："孤山之梅，晴；超山之梅，润；湿地之梅，品独特。"

三原台小聚茶酒，诙谐成趣。酒过三巡，似闻梅唤。众入香雪深处。置身梅海，清气豁然，如聆天音。梅瓣飘落，仿听梅语话大千；蜜蜂呢喃，若见群贤说世界。

既称雅集，不可无笔墨；兴之所至，当该有纸砚。置桌于林间，有落英行走。人声与梅韵，互为渗透。"不要人夸好颜色，只留清气满乾坤。"这情，此时有。"我家洗砚池头树，朵朵花开淡墨痕。"此景，眼前是。"何方可化身千亿，一树梅花一放翁。"门兄最喜陆游句，梅树底下皆放翁。

修龙开笔，书"江南寻梅"，作品清秀。国门蘸墨，比画之间，盘虬卧龙跃然纸上，观者皆醉。国儿一树梅配半幅字，自成一格。杨轶总是好色，开颜色之先，东刷西点，山水人尽收画中。

难见新萍在人前作画，今且见她大笔一挥写梅意，斯鸿题款"心往梅千树"。道于挥笔，取宋笔意三分，即写山居门前山水，与波师合璧成作。闽怀亦写梅一树，众皆击掌。山居有猫名小暮，通人性，随入梅丛，染墨观书，被抱之案上，爪行宣纸，与国儿、道于、闽怀共作梅花图一幅。梅有奇香，猫是灵物。如此景观，世无多见。猫亦风雅。

郁葱放言，欲为此景作诗文；群星无语，默看梅林思大业。伯增见景喜发语，常记怀。富明咔嚓声不停，欲留雅事于人间。

是为乙未蟠龙山居雅集记。

十字路小记

　　是在木樨山庄午餐时提议的。一大帮艺术家，男男女女。有画家、书法家、作家。

　　这年头，聚会多了。野菜让人想到野趣。放眼山庄四周，木樨成林，千姿百态。庄前庄后，风吹竹动。这样环境中，若能风送小舟拥涟漪，定会骚人墨客漾春波。

　　我总是在想那个神秘的十字路，肇民先生买的那个旧校宿。

　　章新萍是常去的，听说她常在那里写画，把四季变换成她心中的模样。恰巧肇民先生也在。

　　一声吆喝，举座皆认同。于是，定了下来：去！

　　十字路在长诏水库的边上，说尾巴又肯定不是。长诏水库的尾巴应该在黄坛，那里有三十六湾和智者大师放螺处。

　　柳絮扑面，从开着的车窗中飘然而至。沿着逶迤蜿蜒的乡村公路，左看山间放杜鹃，右望碧波唱春歌。若诗中走，如画中行。虽非良辰，但有美景。

　　一个小村子，南临水库北靠小山。这就是十字路了。

　　停下车来，鸡犬相闻。山间声息已扑鼻，水中清气可掩面。

　　几枝桃花开在路边，红得粉色可人；几枝李花开在路边，白得洁如霜雪。

　　朝山上稍行几步，便到了肇民先生的山庄。山庄依然是校宿的模样，透过篱笆望去，原来的操场上已野草遍地，看来肇民先生也不常来。

章新萍先跨进了篱笆打开了门，俨然主人一般，张罗起茶水来。章月中对紫薇情有独钟，忙不迭地举起他新近刚买的相机，要把紫薇的姿态摄入记忆。就读于名画家何水法高级研修班的他，独喜田园风光、龙虫花鸟。斋名先取随田园居，又改三紫草堂。三紫草堂中紫藤粗、紫薇放。据我所知，他的紫藤是从沙溪大山挖来的。前次与我同去考察天姥山，见一小树开细细碎碎之小白花，心中生喜，不顾山高路远难挖，硬是把这棵至今仍不知为何名的小树种在了三紫草堂内，其喜山乐水爱生灵之貌便可见一斑了。

看来，俞切民是来过这里几次了。他直奔操场右侧的雷竹园边寻起他栽种的牡丹，却只见芍药苗不见牡丹花。一副怅然若失的样子，我笑他："花痴不见花，眼前昏花花了。"他答："心中有花，何妨花开心中。就当这里是牡丹园吧。"

室内是一些简单的生活用品，吸我眼球的是一张铺毡的台子。这上面星星点点的颜料告诉我，这台子是有人常常在用的。壁上一些用图钉钉着的毛边纸写的书法作品告诉我，有人常在这里泼墨。我知道我省著名作家赵福莲是到这里住过一些日子的，她认肇民先生做了干爸，并在这里写下了很多散文作品。还有些学术界的大腕们也常常在肇民先生的陪同下住在这里做些唐诗宋词楹联的研究。

陶公采菊东篱，意在躲避俗世喧嚣；肇民先生在此购旧校宿为山庄，究竟心中做何想？是为了归隐呢，还是为了出山？

静坐廊前，看前面沃洲湖水碧波万顷，心旷神怡。眼前便浮起这旧称沃洲的一些骚客文人、名士高僧的旧事来。忽然明白支道林为何要在此买山还隐，白居易要称"东南山水越为首、剡为面、沃洲天姥为眉目"。有这样的好地方，也难怪肇民先生要将它作为寄情的乐土了。

　　正在感叹这样的山水越来越少了时，章新萍已端上了热腾腾的沃洲湖水冲泡的沃洲茶。

南/
北
NAN BEI

学习兰草

　　从志良兄的兰圃出来，总有许多的感慨生出来。或因兰，或为人。虽然对兰花心怀敬意由来已久，但关于兰草的知识实在少得可怜。年少及至今，为兰花淡淡的幽香激动不已。据说现在很多花香可以人工合成了，唯独兰香不能，这足以显示兰之独特。况且，兰花原不为无人而不芳，不因清寒而萎缩，所以诗人称赞她能"更白更兼黄，无人亦自芳。寸心原不大，容得许多香"。兰花的品质由此可见一斑了。

　　志良兄行伍出身，爱兰至极，自号兰农。半生沦落之后，带回故土的积蓄就是兰，同时带回的，还有与他一样深爱着兰、似兰花般优雅贤淑的妻子。而今，这些或高或低、或肥或瘦的兰在他的精心呵护下无声拔节。兰有灵性，每以长出几苗新芽来报答。在他的影响之下，我也对兰显出了痴态。虽然现今风气投资兰花是绿色股票，而我们根本无意去炒兰。　我们一致认为，对兰花的炒作，其实是对兰花的不恭。沾染了铜臭金粉的兰，哪里还能显现出她的优雅。

　　去年冬，我去一处遥远的古村落写电视解说词，在一个流着古韵的老台门里，见到了几株含蕾的兰花，我蹲下细细地听她们诉说，轻抚它们柔中带刚的叶子。此兰的主人是一位老农，他见我如此喜欢兰花，竟在我离开那个村子的时候，将他的兰细心地挖出来送到了车子上。我深感不好意思，要给老农一些钱，谁知提起钱字，老农竟面露愠色，对我说："我不卖兰花，我是送情谊。"好一位有仙风道骨的老者！因为行色匆忙，我竟来不及打听老者的名字而带回了他深爱着的兰花。每每看见盆中的兰草，我总要想起兰一样的这位山村老农。

我志在必得般从朋友家中要过一丛兰草。这株兰草朋友种了十六年，十六年才开一次花，花开十六朵。世上兰种千千万，我哪里识得这么多。听他说起这丛兰，看他神采飞扬的样子我就觉得他说的是真的。可是有一次我去看他的兰时，竟发现他在用复合肥给兰花施肥。我当时就对他说，这兰花我要了，不管怎样，我都要带她回去。当年这兰就开花了，紫色的小花，很是好看，花和叶形都不常见。后来我在花鸟市场见到一盆相同品种的兰，与卖主谈起，方知这是一种极普通的兰。之所以不能年年开花，是朋友没有把她养护好。我没有把这件事情告诉朋友，我更愿意让朋友认为我从他那里要来的兰花是一盆名贵兰草。

松、竹、梅世称"三友"，竹有节无花，梅有花无叶，松有叶无香，唯有兰并有之。所以兰花成为人间美好事物的象征。好文章称兰章，好情谊称兰友，优秀人物的离世则被称为兰摧玉折。兰花代表着世人对美好事物的向往，"我从山中来，带着兰花草"。兰花携带着大山深处的清韵，悠悠地从山中来到人间，演绎了多少悲欢离合的故事。我无法深入兰的骨髓，但我愿意从兰的身上得到启迪。

"向兰草学习！"志良兄在我告别时这样对我说。

南
北
NAN BEI

竹影飘摇

竹子不在花草之例，但与诗书画结缘。自古以来，竹与梅、松并称为"岁寒三友"。"未曾出土便有节，纵使凌云仍虚心。"福建有位老画家潘主兰先生将他的朱竹画红了整个美术界。日前与一帮文友同游竹林，那天恰好有七人，坐在竹丛中，一向以散文文风稳重著称于中国文坛的中国散文学会会长林非先生竟情不自禁，高唤同行的一位持有相机的文友：快来让我们做一回竹林七贤，并手舞足蹈起来。林先生说，风景首先要感动作家的眼睛，然后再去感动作家的心灵。看来林先生真是被江南的秀竹感动了。及至今日，偶尔与林非先生通电话时，他还谈起那次在穿岩十九峰竹林里的晚餐。

我没有见过朱竹，此竹亦非彼竹。我在阳台上养了一盆竹。这竹子是我从花鸟市场买回来的，当时竹竿形似鼓状，但叶脉极是清翠，卖竹的人称其为罗汉竹。放在窗外的阳台上，每到华灯初上之时，我喜欢关了灯看映在窗上竹子的影子。晚风轻吹，竹影飘摇，似在欣赏一幅生动的画，又似在读一首优美的诗。

这枝竹子后来给了我两个永难忘记的记忆。

我在花架上种了些牵牛花，那天牵牛花长出了藤蔓，我随手斩了几支竹，插在土里让牵牛花攀扶，不承想，过了三个月我还没有见到竹子有败相。请教了几位农业专家，没有一个人告诉我竹子可以扦插。有人帮我分析竹子不枯的原因是它自身的养分没有耗尽，我就姑妄听之又姑妄信之了。不料第二年我发现插下去的竹子边上竟钻出了新笋！竹子是可以扦插活的，至少我的竹子是扦插活了。

我把它移到阳台下面的绿化带里。它长得比在我阳台上要快得多，几个月下来，竹竿就有两人来高了，我每天从阳台上俯视它，逢天气干燥，我必去给它浇水。它快乐地生长着，我也快乐地聆听着它拔节的声音。然而有一天，邻居在它边上杀了一条狗，狗血溅到了它的枝干上，又滴到了栽种它的泥土里。我不知道它是不是有灵性，反正自那以后，它却渐渐地萎黄了。

画家章月中很是喜欢我的这丛竹子，他说这竹入画，却恰他搬了新居，我就顺水推舟地将这支竹送给了他。前几天我在他的新居看到，这竹竟在枯萎的叶子边上长出了新叶，比我种着的时候长势还要好，真有一种青翠欲滴的感觉，看来，他也是如此精心地在呵护着它。于是我对他说："这竹子长在你的院落里，也叫作物有所择，亦真正物有所值了。"

秋里访春

过了中秋，就应该算是深秋了。深秋的季节，总与平日有些不同。有时候，虽然赤日依然似夏日般炎炎，但风吹过来已带着丝丝的凉意。"秋老虎毒煞人"是民间的说法，换成斯文一点的语言，则是"十月还有一个小阳春"。

这一天，阳光很好，用"明媚"二字显然不足以形容它的神韵。约了画家杨轶，去大市聚探访秋色。

印象中有一篇题为《秋色赋》的文章，把层林尽染、万山红遍的美景道得世人皆知秋色之美。秋也确实可人，似成熟少妇般飘动着她的裙裾，浑身上下散发出了诱人的香艳，足以使人驻足长观，它不像涉世不深的少女，为赋新词强说愁。对秋来说，风刀霜剑刻下的生命历程是真实的，没有丝毫的做作。举手投足间，都可以感受到深秋那种凝重的气息。

杨轶是位油画家，前几天还在报上看到过他的专版作品。我是不懂画的，但我以为他对色彩的敏感程度几近痴态。虽然他也偶尔涉及国画，但我以为他对色彩的运用要比他的水墨来得优秀。心中便窃喜与这样一位"色狂"同行。

大市聚这个地方，向来以它的土特产著名。独一无二的小京生花生听说还做过某个朝代的贡品。又传这里的牛心柿堪称一绝。民间还有传说大市聚又叫大柿聚。现在正是牛心柿开摘的季节，将熟的柿一个个挂在将落叶的枝头。柿由青而黄、由黄而红，叶则由厚实而渐薄、由青绿而枯黄，令人遐想无穷。我问杨轶："这色彩当以如何表达？"杨轶却答非所问："从本质上。""本质为何？""生命。"于是我想起了前几天跟另一位画家切民兄的一段戏言。

我种了一棵俗称"苦囡敦"的植物，新昌人又叫"向天炮"，北方称"洋姑娘"，学名叫"金龙果"。因为果实累累，便喜不自禁，斗胆叫了工笔画家切民。画了几天，他突发奇想，对我说："要是从它生长开始每天依它的颜色画，这画说不定会非常有味道。"我想杨轶这话与切民之思有异曲同工之妙。似这深秋的凉风。生命从虚无中走来又走向虚无，而过程则是非常实在，就像世间万物。"落红不是无情物，化作春泥更护花"，说的就是这个道理，生命的意义我想也在于此了。成熟与萌芽都是一种瞬间的呈现，我们所要撷取的，也就是这一个个的瞬间了。

我把这个想法跟杨轶交流了一下，杨轶的眼中有了笑意，他长叹一声："梵·高穷毕生精力留下了一大幅《向日葵》。葵盘里爆出的一粒粒黝黑、坚挺的果实谁说不是在与苦难久久的相持中得来的呢？"

站在秋天的边缘，透过红红涩涩的牛心柿，我看到了被岁月折叠起来的春天了。我看到牛心柿开花的喜悦，我访到群蜂在欢快地起舞，小草与山花一起为一个新季节的到来歌唱。色彩幻化了……

还是这一天，天高云淡。在大市聚西乔弄水库的坝上，我与杨轶同时访到了各自心中的春意。水碧绿，眺望远处的山，色彩斑斓，有秋风从我们的身上拂过。

又见令箭荷花红

深夜两点，从案前下来，伸伸懒腰，顺手打开阳台的灯，突然一阵晕眩：一片辉煌的粉色，令箭荷花无声地开了，这花，是如此的妖艳。粉红色的花，花被重瓣，向外翻卷，叶状似睡莲，颜色渐渐递进，由浅入深一直开到花朵的心脏。外面洋红，里面深红，喉部为黄绿色。令箭荷花又叫令箭，全因她的叶状似古代升堂审案时官员手中的令牌。她的花形似孔雀开屏，因而她还有一个名字叫红孔雀。我从来没有见过这样的花，她真的像一个绝世的美女玉立在我的眼前。有一种文静的热烈，有一种热烈的文静。

我看呆了。

没有赏花的人群，也没有蜂围蝶阵，有的就是这一株盛开着的花。她是在瞬间开放的，白天，我还看见她的花朵在含苞待放中。当时就只有我站在她的近边，听她内心的述说：

"我在开花！"

耳边飘荡着的就是这么一句简单朴素的话语。

我伫立凝望，觉得这枝令箭荷花不只是开在我眼前，她也在我心上缓缓开放。她带走了这些日子一直压在我心上的关于生的思考、关于死的疑惑。我浸在这花朵的光辉中，别的一切都不再存在，有的，只是精神的宁静和生的喜悦。这里除了光彩，还有淡淡的芳香，香气似乎也是粉红色的，梦幻般轻轻罩着我。忽然想起了那些荷花，那些长在水里的荷。我曾在西湖边上看荷，吟诵"映日荷花别样红"那样的句子。现在看来，我对水里的荷花有了新解，我以为她根还系在水底的泥里，就以一尘不染贬低他人！就像世间那些沽名钓誉者。当然，荷本无错，他也在默默地生长开花，给人们带来美的享受。

令箭荷花的花期很短，与昙花一样在晚上开花。不经意间，我发现她开始谢了。就像我在不经意间发现她开放了一样。好在我在她生命曾经有过的很短的时间里叫来过朋友欣赏过她开放的样子。也可以算是一种欣慰，至少她开放时不是寂寞无开主。她凋谢成了刚含蕾时的样子，喉部渐渐地浸成了鲜红的颜色。不像别的花，谢落时残花落英让人生出一种怜香惜玉的情感。她很从容，闭合了花瓣，然后让花瓣慢慢地干瘪下去。她谢世时的颜色依然似开放时鲜艳。我惊叹她的死相，我以为任何一种花草都无法与令箭荷花来比死时的美丽与安详。她最后依然在追求一种完美。

我的这株令箭荷花曾经因为我太过喜欢而株干无存过，但不知什么时候她竟重新长出了新叶，就那么粗粗地生长着，不要太多的肥料，也不要太多的呵护，她依靠自身的力量顽强地把自己调成了开放的姿态。

我想：花和人都会遇到各种各样的不幸，但是生命的长河是无止境的。需要不断地自我调节生活状态，人和花才会活得滋润，才会对自身、对社会有活着的意义。

我小心翼翼地将她的花剪落下来，埋在她的枝干边上。在这粉红色的芳香中，我明白了许多以前不曾悟到过的东西。

南
北
NAN BEI

树与家

树。

一棵树。

一棵大树。

一棵沙椰树。

它就立在我山居的杂物间后头。我不知道它源自何时，我见到它时，它就立在那里了。

是棵歪脖子树。树干约三米处，它就开始歪斜了。它的身后，是成片的小竹林，它的右侧，是几棵新长的毛竹。我堆放农具的杂物间，就搭在它的正前方。它的枝上，有好几个鸟窝。

最近，不断地有人来看它，村里人、外村人、甚至还有外市县的。好几次，我听见有南腔北调的人站在它的脚下对它品头论足。

叔叔打电话来说有人要挖这棵树的时候，我正在寻思要不要去山居给我栽种的植物浇点水。虽然是春末夏初，雨水还是格外的少。

一群人，年长的、年轻的、年幼的。我到山居时，农具间的顶已经被卸下部分了。他们围着沙椰树，树下已有一些新土翻出来。一些根的横断处，露出了一些白色。他们在说说笑笑，一些人就坐在地上抽烟。

寒暄几句后，我便进入屋内。脑子想的，全是这棵沙椰树。

山居边侧，因有松林，便引无数松鼠在林间嬉戏。松鼠不仅喜欢松林，还喜欢将这棵沙椤树作为支点，从上面跃到山居的屋顶，然后翻动瓦片，钻入山居。逢雨天，总是要担心屋顶漏雨，因而同时也介意着这棵沙椤树。

村人初来看这树表示要移走时，我窃喜。心想这下松鼠没有跳板了，我的瓦片安全了，我也不用担心下雨天了。松鼠这小东西，当宠物时，它毛茸茸的，很可爱，也有些灵性，很讨人喜欢。可一旦到了它的自然状态，破坏力是极强的。而它的技能，远要比老鼠更胜一筹。再坚硬的木头，在它的利齿下根本不值一提；再陡的壁，在松鼠的脚下，简直就是如履平地，特别是冬天，当野外无食可觅时，松鼠会钻入屋内寻食。即便是悬挂着的粽子，它们照样会给你只留下几张粽箬，真是烦不胜烦。

想不出更好的办法来驱离松鼠，只好迁怒于这棵沙椤。但沙椤挺立在那里，丝毫不受风雨的影响。这么大的树，也不忍心砍掉。

首次来看沙椤的村人终于没有将沙椤移走。接下去，一拨儿又一拨儿的人不断地来看这棵沙椤。我甚至动了将这棵树买下来的念头。想归想，最后也没有付诸行动。

我不知道村人是如何挖这棵沙椤树的，我不想看见一棵树被人挖断了根倒下的样子。我想趁树还没有倒下前离开山居。锁上门，却听见了"呱刮"的声音，那是树根断裂的声音，我走到屋边的时候，沙椤已经斜倒在毛竹林里了。

我没有再看它一眼。我想，它只是移个地方，去找个安身的新家。那些松鼠的家呢？

一个新的家。

一个新家。

一个家。

家！

树草莓

没有查过辞典，不知道有没有树草莓这个物种。

但我种过，是真的种过。花了差不多一年的时间观察过它的生长过程。

是种在现在的牡丹花台上的。与它一起种下去的还有一棵奉化水蜜桃。

那时候我初上山居，刚刚对山居的周边环境有一些初步的认识。

草莓就太熟悉了，蔷薇科。草莓属多年生草本，一种红色的花果，酸酸甜甜，肉多汁多，深受欢迎的一种水果。我们这边很多人去广州种植草莓发了财。跟儿时吃过的格公、种田红等有点像。实际上，草莓的枝形与果实更像蛇格公。而老人告诉我们蛇格公是不能吃的。

我准备在山居门前种点水果树，让涛哥从奉化运了两棵水蜜桃过来。刚好那天沃洲山居主人，画家、琴师章新萍亦来山居，见我在挖土种桃，她从她的车上拿了一枝植物来，说刚好弄了几棵树草莓来，让我也种一棵。我把桃树种在边侧，把树草莓种在最中间的位置。中间位置显眼些，草莓成熟时，挂在树上很醒目。当时还有一棵刚会结果的柿子树在台边上。不大的台子，一边是水蜜桃，一边是柿子，中间有一棵罕见的树草莓，想想也美好。

去农家讨了些有机肥，挖了深坑，盖上土，浇足水，就把树草莓种下去了。

春天里，雨水多，气候好，几天下来，树草莓就开始萌芽了。十天左右，枝条边上的芽便十分有型。再没几天，便开始长叶了。这叶子，与我见过的草莓叶子好像毫无关联，没有一点相像的地方。叶脉、叶片都不像。树草莓就是跟多年生的草本植物不一样，不然怎么叫树草莓。

那时候我常常给沃洲山居主人打电话，报告树草莓的长势。树越长越好，枝繁叶茂的。对树草莓的期待是越来越高。有时候会想得满口生津，够馋人吧。

路边的枣树旁边，有一棵我奶奶种着的花。我不知道学名叫什么，别人都叫它"倒碗花"。有点像木芙蓉。花型比木芙蓉小些，紫白色的花，开放时不很热烈。但疏疏朗朗的几朵几朵地开放，花期很长。

树草莓长得越来越像倒碗花了。

我也越来越怀疑这是不是倒碗花了。给沃洲山居主人打电话报告长势时的语调也越来越变得调侃了。

终于有一天，树草莓的花蕾形成了。

终于有一天，树草莓开花了。

倒碗花，确实就是倒碗花。

花鸟市场上卖花的把沃洲山居主人给骗了，沃洲山居主人把善良送给了我。很多城里人不知道花生是长在地上还是埋在地下的。

倒碗花最后是被我挖掉了，但我留下了沃洲山居主人的情谊。现在时不时地拿出来调侃一下，感觉还是挺美好的。

树草莓，树草莓！

秋雨夜的独白

秋声起，秋意来。秋涛滚滚惹红尘。

是秋声惹了红尘，还是红尘浓了秋意？

无人可答，无人能辨！

于是黄昏时刻，竟行走在雨幕里。

今天的雨，落得竟有些肆无忌惮。在一家修摩托车的铺子里，我坐在檐下听雨。

雨，忽大，忽小。

闪电，一道紧接一道。

轰隆隆的雷声过后，用一个"泻"字还不能道出雨的神韵。

若是秋雨，应是霏霏，却因何如此这般酣畅淋漓？

只见些许雨珠在地上溅起白花朵朵，又见水瞬间聚合，急速流过。水洗路，路成河。

一辆公交车开过，轮胎带起的水珠湿了我许久的梦。

再也走不出这雨幕了。心底里竟聚起了这样的念头。

夜色深，秋雨逊。欲洗污俗蹚出门。

是夜色唤开了门，还是门经不了已逊的秋雨？

滴滴答答，淅淅沥沥！

于是夜色深深时，再一次行走在雨意里。

深夜的雨，变得悱恻缠绵。依街而行，只见路边的店里，透出昏黄的灯光。

真是秋色连天。夜空静谧。三秋桂子亦无语。

心，忽静，忽动。

血液平缓流动，不急不滞。

身子走过去以后，在身后留下了一道影子，时长，时短。

远方有一种圣洁的声音传来，若隐，若现。

湿了头发，润了心怀。

"穷则独善其身，达则兼济天下。"

既是穷者，那就在风里、雨里这样完善自己。

南
北
NAN BEI

冬夜，雨中心情

　　蒙蒙雨夜，期望着一场雪的降临。那是祈盼已久的洁白，那是历尽全力企盼的纯洁。我清楚，这种纯洁并不能永恒。然而，即使是如此短暂，却依然是我热切的希冀。

　　有一些决定是今夜必须做出的。灯光很凄凉，我的心情也很凄凉。听凭雨滴答滴答落在我流血的心河上。天已微明，人坠入了万丈深渊。当一切成为往事，拾起的回忆足可以让我战栗。那么，就走到阳台上听雨去，抚一抚已经开花的小茶梅，听它严寒时的热烈；那么，就去接一滴雨珠，清醒已经浑浊的大脑。然后，捏碎一颗花蕾，任花瓣在雨中零落……

　　这是怎样的一种心情啊！

　　倚栏为枕，盼望着白雪的歌唱。

做　媒

写下这个标题，我自己先笑了。

坊间流传着这样一句话："不做中，不做保，不做媒人三世好。""中间人"和"保人"都是过去的旧概念了，现在的人未必晓得几个。"媒人"知道的人还是很多的。与媒人沾边的，我就常常想到一出戏剧里面一个以媒人为职业的媒婆的台词："东边做媒也是我，西边做媒也是我。只要铜钿银子多，我活拆夫妻也会做——也会做。"在我的印象中，穿大红着大绿，脸上有几个麻子，手拿一条花手绢的人，必是媒婆。

没有想到，自己还真当了一回媒人（非媒婆），在订婚酒席被人"大媒佬倌、大媒佬倌"地叫，叫多了，仿佛自己也真是大媒佬倌了，全然忘了"不做中，不做保，不做媒人三世好"的俗语。旧时的媒人，是要保的，所以做媒又叫保媒。一切的婚嫁礼仪，都要经过媒人之口。小两口若有争执，时不时地要"把媒人喊来"。媒人还兼有娘舅的角色：做做中间人。想起来，旧时的媒人也确实不好做。一不小心，乱点鸳鸯谱，男女双方都会怪媒人。搞得不好，做媒的人，里外不是人。

我不知道月老可不可以列入媒人一类。即便系错了红线，也不见得有人怨这个男婚女嫁的使者。乔太守乱点怨鸯谱，也没有人骂。在我视野所及，只有贾宝玉怨过"月老系错了红头绳"，后来宝玉遁入空门，实际上也与月老无关。

南北
NAN BEI

现代社会在发展，婚姻早就没有了旧时的父母之命、媒妁之言。但一些旧时的传统还是被沿袭了下来。比如媒人还是有，但媒人的肩上早已没有了旧时的媒妁之责。成就一对陌生人的婚姻的人，恐怕也不以媒人自居了。现代的称呼叫"介绍人"。让一对陌生男女见面，若双方互有好感，择日完婚，最关键时刻也不是介绍人在中间起作用了，更不用说那些自由恋爱的了。

我做的媒人就是自由恋爱得七端八正了，把一些要办的事情去征求一下女方父母的意见。

我的一个小朋友恋爱了近两年，双方都觉得谈得不错。男方父亲是我的一个旧识。男方的父母急着要抱孙子孙女儿，把我小朋友的婚姻大事提上了议事日程。也许是我年龄大一点易于让人信任的原因吧，于是一年前的这个时间，小朋友的父亲找到我，让我去女方家里提提看。

先找了一些我的朋友，打听一下女方父母的情况。确信女方父母不是蛮不讲理、斤斤计较的人，我才斗胆答应了下来，去女方提亲。那时候是真有点厚着脸皮的。因为我从女方的嘴里听到了她家人的意见，因为什么生辰八字的问题，去年不能结婚。犯什么冲，结婚了对女方不好。

还果真碰了一鼻子灰。提起要结婚的事情，被女方父母婉拒了。幸好女方父母还是识大体的人，没有让我落荒而逃。他们只是婉拒了去年结婚的要求，还陪我们一起到沃洲山庄吃了餐中饭。小朋友跟他的女朋友一如既往地谈着恋爱。

半月之前吧，小朋友的父母择了一个吉日，准备让小朋友完婚。按照旧俗，男方择好佳期，是要将用红纸将吉日写好，送给女方过目的。要拣日子。若女方同意，就正儿八经地将日子送过去，叫"送日子"。送日子有多少讲究我不清楚，通过这次做现成媒人才略知一二。

这次是送日子。送日子时，要准备聘礼，准备送包（特指定亲礼品，旧时的包是要将荔枝、桂圆用媒头纸包好，还要红糖或白糖）。包是送给女方的长辈的，比如舅、姑、叔、伯、外祖父母、爷爷奶奶。送包后，男女双方对长辈的称呼正式改变。男女双方叫第一声爹妈时，爹妈还得准备见面礼（又叫见面洋钿），见面礼的数量不一而论，但有一点成了定规：女方父母给男方的见面礼的话，男方父母就要加倍给女方。这次小朋友家送了22680元聘礼过去，并说第一个2表示两相好，第二个2表示生双胞胎，6是顺，8是发。我将这层意思转达给了女方父母，女方父母连称说得好。夹在一个被面里边还有680元利市钱。女方父母把我单独叫过去，让我把11680元聘礼退还给男方，还有利市。然后女方父母过来给郎倌送上了见面礼，厚厚的一沓，估计是一万元。小朋友生硬地叫了声"妈"——用他女朋友当时告诉我的话来说是"生硬得腻心"。也难怪，第一次改口叫妈，总是有些不顺的。

　　搞完了这些，去离女方稍近的一个小镇上订了桌菜来。有几个女方的亲属。女方父母和她的开企业的姑姑很好客，得知我喜欢吃猪肉，特意叫饭店去炖了个蹄膀——可惜时间太短，蹄膀端上来时我用筷子一探，还是没有熟透入味。于是打包叫女方父母带回去。

　　晚上算是正式的订婚宴了。与小朋友的表兄弟坐在一桌。女方的亲戚能来的都来了。

　　订婚宴开席前还有一段小插曲。都快到酒店了，女方的一个姑姑忽然想起：女方的奶奶过世不久，应该把婚事的喜讯告诉奶奶一下。于是女方父母的直系亲属全去进行祭祀。虽然女方本人心有不快，我倒认为这也不失为一种礼仪教育，也是必要的。

　　吃好饭，女方给了我一袋回货：里边有花生、瓜子、酥糖、糖、烟、红鸡蛋等。我叫他们不要客气，但他们说大媒老倌这里是一定要这样表示的。这也是一种纯朴。保留了一种习俗，就是里边有很多花生是生的，寓意早生贵子。实际上这也是一种口忌：生介生介，讨彩而已。

　　现成媒人总算是做了一回。媒人做过之后，唯愿这小两口能相亲相爱，将婚姻进行到底。虽然传统的东西越来越少，但保留一点习俗至少还是有益的。

南京行

一直累，一直身体不好，一直没有更新博客，连工作的事也耽搁了不少。

单位组织活动，领导希望我参加一下集体活动，于是来了。

南京是有很多年没有来过了。认识南京不是因为抗日时期的南京大屠杀，而是南京长江大桥的建成。依稀知道南京可能也就在那时候。那些时候，读的是老人家的诗词，又特别喜欢他的《七律·人民解放军占领南京》。后来才渐渐知道六朝古都，知道国民革命政府，知道总统府和孙中山。再就渐渐地知道了南京很有名的盐水鸭以及秦淮河、莫愁湖等离愁别恨。

已经记不清是哪年了，于是就匆匆地和南京有了一次次的约会，但更多是北上时匆匆而过。认真逗留走走看看，好像也就几次而已。

当我又一次登上南京这块土地，我已经没有了看山、看水、看风景的兴趣。坐在车上，看南京的大街上川流不息的人群，感叹着人类把人类的秩序调整到现在的状态，真的已经不易。突然就觉得自己真的很渺小，如空气中看不见的一粒微尘，存在过，却并不知晓存在的意义。

现在我就坐宾馆的床上，刚刚服好药。他们出去了，我无心问是不是去寻汉时明月，也不知道他们要不要去秦淮河访古。我在回忆晚餐时跟一些军人的谈话。

领导说，通过这次交流，他对军人有了新的认识。我更是这样认为。几位搞艺术的军人坐在一起，谈的是文化，说的是艺术，我以为很难得。其中有一位是大校。大校，在军队里应该是级别不低的军官了，李建民大校说他从军都四十年了。他们都懂得很多，金石书法，文学艺术。他们都很爽朗，也很善解人意。他们知道我不饮酒，没有勉强过我一次。在陌生人堆里，能得到这样的待遇在我看来确实是很难得的。

领导跟李建民大校说这话的时候，李建民大校说，"主席说过，没有文化的军队是愚蠢的军队"。刚刚在来南京的路上，我们还在谈艺术作品不能庸俗化，又从几位军人的口里得到了印证。

我特别记得李建民大校对幸福的解读："你当官当多大算当大了？你挣钱挣多少算挣着了？幸福有多种层面、多种解读。感官的、精神的愉悦都是。朋友交往的幸福就是一种安全感。有安全感的朋友交往是幸福的。"我现在把安全感三个字当成了人与人之间相处的一种准则。三个字简单，蕴含着的意义却无穷。

约好7月新昌再见，能如约否？我很愿意听他说他的人生见解，听他说对责任的理解，听他说对人的了解。

这趟南京之行，全然忘了旅途劳累。能学到一点东西，还是很愉快的。我不知道明天是否有体力在南京城里逛逛，但我在南京终于又开始了文字之旅。南京，也终于让我有了关于南京的第一篇文字。

南京，此番离去，我还会再来吗？

探　监

　　春天里多雨水，3月1日，早上6点左右便起床了。这对别人来说，也许不是什么难事，可是对我，早起实在是一件很令人不快的事情。睡了这么多年的懒觉了，身体也习惯了在半早上醒来。所以朋友即便有什么事情，一般也不会在上午9点以前打我电话。早起的原因是要去看一位在金华服刑的朋友。我的朋友当中，是极少有在监狱里面的。

　　要说正儿八经去监狱探望朋友，这是第二次。

　　第一次去杭州乔司农场看一位朋友，约有十年了。专门挑了个星期天去看他，却没有见着。说是他违反监规，被送到里面去严管了。同去的朋友通过关系找到了监狱的一位据称是队长的人，一起吃了午餐。那位队长还很通达，吃完饭后，问我们是不是要看看我们的朋友，如果想要见面，他去将朋友提出来让我们见。我们没有要求看，只是希望能给予我们的朋友生活上多些关照，我们并不想给这位队长添什么麻烦。那个朋友是应该早就出监了，但我到现在都还没有联系过他。他是因为经济问题给投进监狱的，罪名好像是受贿。这在当时，应该是个比较新鲜的名词。我的那位朋友，担任着市里一个公路部门的领导。据说是因为修环岛，收了人家的钱，于是就进去了。

　　这次去看的这位朋友，也还是为了钱。我深为他感到悲哀。他犯事，也确实出乎我的意料。因为在我的印象中，他是不会犯这种过错的。他在担任某开发区主任的时候，有一次我去嵊州摘了些桃形李，路过他家的楼下，想起他小孩尚小，便拿了两箱送了上去。气喘吁吁地爬上五楼，叫了很久却不见有人开门。给他打电话，他才从里面出来。我抱怨他连朋友都不要了。他告诉我，他家里一般确实不开门。他说前几天有个人来他们家，送了一篮水果，结果他却在水果篮里发现了一只装着钱的信封。我替他高兴了好一阵子，我还借机跟他说，不要在钱字上面犯错误，犯不着。他也非常认同我的观点。以至于出事的那天，我正在印刷厂里看一本杂志的清样，有朋友打电话告诉我，说他出事了，我怎么也不相信。拨了他的手机，手机是通的，却无人接听，我这才相信他真的出事了。

我的这位朋友，实在不是那种见钱眼开的人。于官场，他也看得很淡。不知道他为什么会走上仕途这条钢丝的。我更愿意他是个文人、是个性情中人。有一次，我跟蒋立波一起去给一所学校的学生讲诗歌课，他也同去，那次我们还在学校的操场上拍了一张合影。介绍他的时候，我们还调侃了他一下：这是流浪诗人某某某。他为什么不继续做流浪诗人呢？

常常想念他。人这一辈子，可以称为真正意义上的朋友的人不多，而我是将他列在我的朋友堆里的。虽然他很忙，平时难得见面，但他也会偶尔打个电话过来问候一下，问问我最近有没有写东西，出了什么作品。我也去过几次他的办公室，还跟他一起与县里的几个开发区的主任吃过饭，饭毕我还对他说：相对于在座的其他几个主任，我感觉你还没有坏掉。因为那天的饭局上，我看到了几个开发区的主任的不拘小节，但我发现我的朋友没有。

他出事后，我一直关注着案件进展，也进行着毫无意义的牵挂。我的手机换了好几个，但我一直保留着他的手机号码。

没有想到，到了监狱，因为没有打关系证明，狱警不让我们见他。好在他夫人也去了，他夫人是可以接见的。我只能远远地看着他，他也透过监狱接见室那道很高的玻璃，看见了我，朝我挥了挥手，算是打招呼。他跟他夫人近在咫尺，却只能通过电话说话。我没有听见他们说什么，只看到他的嘴在一张一合。精神还算好，头发很短，穿着一件灰色的囚衣外套。二十分钟一晃就过去了，狱警在催他回监室。我看到他绕到了离我稍近些的一间房子门口，那间房子的门开着，我隔着窗户，喊了他一声。他笑嘻嘻地跟我打了个招呼，然后给我做了个鬼脸。又用两手撩起了外套的衣襟，里面的囚服很是显眼，他大约是在向我表示他的囚徒身份吧。我嘱他要注意身体，他做了个打球和跑步的动作。

按说，我的朋友年收入也有十多万元，他根本犯不着为了这十四万元钱葬送了自己安稳的下半生。公务员身份丢了，以后的生活保障没有了。更重要的是他原本是个很有前途的人，现在却只能与那些犯罪分子一起，在非常有限的空间里过他的生活。

自由，是多么的宝贵啊！走出会见室的时候，我想到的竟是这样的念头。

曾经的家

准确地说，这个家叫新昌中学七八届高二 (4) 班，是一个曾经存在的集体。我之所以要写写这个班，是因为这是新昌中学七八届高中班里唯一没有毕业照的班级。班长徐翠萍，副班长陈力胜，团支部书记俞益成。在这个家里当过班主任的有：陆洪权、吴珍、何茂根。语文老师徐苹先，数学老师陆洪权，物理老师陆跃华、梁宗喜，化学老师张学群，政治老师肖志敏。

教室的位置距学校传达室二十米左右，穿过左右两块黑板报朝左，有一小块空坛基，然后跨上台阶就是我们曾经的家。在一个叫六教室的区域里。楼上是一班、二班和三班，我们紧挨着六班，与五班叙对门而望。那年新昌中学招了十个高中班。我们在这个家里待了近一年半的时间。

我们那个时候上高中，是不要考试的。初中毕业按学区分，很自然地就升学了。没有考试的压力，也没有什么书好读。年纪也没有现在的高中生大。我们正处于"学制要缩短，教育要革命"的年代。小学上了五年半，后来读了半年过渡班，算是坐满了六年的小学。初中是二年制的。上高中也就十六岁左右甚至更小一些。

感觉我们那一届的高中生特别多。城区除了新昌中学有十个高中班外，还有反帝街中学（现在叫城关中学）有四个高中班。学生在城区的队伍可以称浩大。

我们的家，就诞生在这样的大环境下。这也是一个划时代的年份。1976年，是个十分多事的年份。刚刚报完到，广播里就发出了重要通知。接下去的日子，就是臂佩小白花，每天去学校吊唁。天空灰蒙蒙的没有一丝透明的亮色。直到开完追悼会，班级才开始正常进入读书时间。班里的同学，大部分来自学区内，但有十名左右从农村来的。据说农村来的同学是经过当地推荐的。我们班上的农村同学来自新民乡，按现在的地理概念，应该算是市区了。团支部书记就来自农村。

说是上高中，其实并无书可读。我们那时候的很多课本内容，现在小学生都会了。很长时间里，我们处于批判的时期。去街上贴大字报，在学校里出墙报。每周还得到学校农场去体验劳动课。劳动课的主要内容是积肥、施肥。

半年后，陆洪权老师调回他的老家海宁，新来的班主任老师叫吴珍，胖胖的一个女老师。时间也不长，直到现在我都不知道她是不是正式在编教师。又一段时间，何茂根老师来当班主任了。何老师是一个非常有才情的数学老师，可是他患有知识分子那种通病，被调往乡下一个偏僻的中学。毕业以后我就再也没有见过他，听说他去了美国。

倒是陆洪权老师，毕业二十五年同学会的那次，我们专门去海宁把他接到了新昌。与同学们相聚。陆老师记性很好，居然在人群中一眼就认出了我，还叫出了我的名字，我还真有点小感动。毕业三十年的时候，是上一届的学长搞同学会把陆老师接到了新昌。恰好那时我们也搞同学会，我们只是去陆老师下榻的宾馆匆匆地见了一面。此后也就再也没有联系过，不知陆老师是否安好。

那时候上学，绝对没有像现在这样紧张。放学时间也不会拖延，基本不上晚自习。同学间的往来也很多。班上的一群同学常常在晚上聚会。去得最多的，是徐超林和李立新家里。

南
北
NAN BEI

聚多了，难免就会集中一些话题。那时候，班委基本是城区的同学担任的，而团支部书记是由农村来的俞益成担任的。

班上有几个特别引人注目的同学。一个叫朱尧中，生性活泼好动，老师在上课，他会做鬼脸引得哄堂大笑，还剃了个光头。那时候一般都不敢剃光头，因为光头是某种标识。同学们都很喜欢他。还有一个叫钱洁萍，说话声音很响，表情也很夸张。高中毕业后去了外地的专业剧团，又转业到了当地的公安局。还有仗义的孔旭阳、爱哭的高小萍、冷傲的俞越红、埋头读书的陈力胜、个子特高的徐超、聪明的潘建农、爱搞笑的潘国平。朱汉平后来把生意做向了大上海，杨庆初则在西欧国家开了好几家公司。

同学当中，我与俞苗金关系最好。这么多年来，我们彼此一直有联系。生活捉襟见肘时，我还会跑到他的办公室去讨点钱买菜。苗金写得一手好字，又会画画。他家里有很多连环画，我常常跑去他家里看连环画。工作后，他考上了武汉的农行干部管理学院，后来当过好几家银行的行长。

高二的上半学期末，学校通知四班不再存在，四班的同学均被插到了其他班级。个中缘由，四班的同学都很清楚。所以后来很多同学都不愿在被插入的班级拍毕业照。

同学都自认是四班的人。因为一直念念不忘四班，所以较大规模地聚了四次。毕业五年后，在大佛寺小聚了一次。二十年的时候，聚了一次。在毕业二十五周年以后，拍了一张合影，我们戏称是迟了二十五年的毕业照。三十年以后的相聚，已经没有城乡同学的差别。感谢热心的朱尧中、潘国平、钱洁萍花费了大量的精力，千方百计联络了大部分四班的同学，使我们有机会重叙同学情。

以后的日子，相聚会越来越少。唯愿我的这些家人一切安好！心中有家，处处是家。

阳台上的生命

阳台实在不大，只有四平方米的样子。

一侧是竹叶挂在晾衣杆上，海芋的叶子张扬在鱼池的上方。一根青瓜悬在竹枝上，与盛开着的月季并排高。兰花躲在海芋的叶子底下舒展着一身的清凉。水池里，龟和鱼友好相处。调皮的龟偶尔也会啃一下鲫鱼的尾巴，鲫鱼机灵地游开，龟就不再张口，吐一口气，潜向别处。这样的场景，占了阳台一平方米的空间。

另一侧则零零杂杂地种着些花草，季节变换，这里的植物也常在变换。有时候是几盆杜鹃，有时候会是几枝月季，有时候会有栀子花。7月前后，野百合热烈地开放。还有几株苦茾敦会挂出果实来。经常不动的，是我做的一个榆树盆景，十多年了还没有成型。新叶初长，我就拿剪刀剪除那些我认为无用的枝杈。到现在，我都没有明白我想把这盆景做成什么样子。

盆栽的蓝莓树已被我移到了窗下，和栀子花放在一起。

阳台上曾栽种过很多的植物，郁金香种了十来年，从来都没有看到过它开花的样子。春天来时，看着郁金香的叶子顽强地伸出土壤，就满含希望地期待。到现在，我甚至不知道它的叶子是什么时候枯萎的了。一枝造型很好的玉树和一盆蟹爪兰是在某一年的寒冬里冻死的，同时被冻死的还有一枝，我为它写了文章的令箭荷花。

这些植物，形态和神情都各不相同。相同的，只是它们都在渴望生长。生命力顽强的活下来，把花的姿态显现给我；脆弱的，由于我的不够精心，夭折得无声无息。

　　阳台上还养过一只松鼠，这小东西机灵乖巧，听到我的脚步走过去，便会从笼中的草里钻出来。不像水池里的龟，明明还浮在水面上，见我走过去，会忙不迭地钻进水里。松鼠养到跟我非常熟的时候，我就不关笼子的门了。我给它吃板栗、给它吃榛子、给它吃小核桃。这小东西最爱吃的就小核桃了。可是有一天，我却发现这小东西不见了，它顺着靠墙的晾衣杆，穿过花架逃走了！

　　小东西逃走以后，每年的春上，我偶尔会发现有只松鼠经常来阳台上转转，我疑心这就是当年我那只逃走的小东西。可是我再也无法接近考证是不是它了。要知道它曾经可以站在我肩上，跟我一起去菜市场呢。

　　我的书房紧靠着阳台，夜幕渐渐降临，阳台的颜色便慢慢发生变化。坐在书房里看窗外，竹影飘摇。特别是有微风的日子，竹叶的摆动极其温柔，偶尔有夜归的鸟儿掠过眼前，倏地消失在夜的深处。花们也渐渐地安静，不再低语。只有叶子，在为明天的方向耳鬓厮磨。

　　每天最早光临阳台的，必是一群鸟儿。它们或停在竹枝上，或在花盆的泥土上寻食，叽叽喳喳。如果窗开着，它们还会飞到我的屋子里面来，看看这一墙之隔的里面到底有什么。

　　因为有生命，这阳台才有生机的罢。我常常这样想。

记录一个梦

　　一座变幻的山，让我在里面迷了路。我不相信路有尽头。于是我顽强地寻找。

　　我托云雨为我寻路，云雨笑着抖开了翅膀，湿了身子凉了心。我托荆棘找路，荆棘却拉住我刺破了我的衣衫，痛在肌肤寒在心。我找花儿找路，花儿把迷人的笑容留给了我，芳香里，我没有了方向。

　　我的世界开始下雨，我的身体开始滴血。我苦苦寻找的路啊，你在哪里？大山静默，云扯着雨。

　　我用我的左手拉着我的右手。条条大路通罗马，找不到去路，罗马成了遥远又遥远的梦想。迷失了来路，回不到起点。一切都托付给风。

　　夜渐黑，光亮在对面可以望见的地方升起。

　　我耗尽了最后的心力。依稀听见笑声从远方传来，我听到林黛玉在病榻上最后的呼声。

　　"我找得到路吗？"我这样问自己。

　　杂草丛生的大山，蛇虫们露出了狰狞的脸。

　　那些花儿，瞬间成了键盘上的文字，向灵魂深处游去。

　　向草木学习，向泥土致敬，向本来弯曲的山路问声好。

　　在山里筑一间小屋吧。避避风雨，挡挡风寒。

一种习惯的开始

　　快0点的时候，网络突然断了。这时候，我正准备管理一下网站。以为是我的电脑不行，重启后还是老样子，就明白真的是网络出问题了。今天这样的问题已经是第二次遇到了。白天也有过，只是时间不长。我给电信的客服打电话，被告知是"新昌地区大面积网络故障"。

　　断网了也好，顺手就拿起《福克纳随笔》，翻了几页。书是《南方周末》蔡兄寄来的，今天刚刚到我手上。中午时分，天很热，有门铃声。打开是邮递员，手上拿着装了两本书的包裹，热汗涔涔。由衷地不忍，讨好似的请邮递员进来坐坐，邮递员却笑着礼貌地回绝了。突然就感觉到在烈日中做事的那些人的可爱来。

　　一本朱天文的散文集就被我放在卫生间的脸盆架上，我喜欢在那个时候读一些书。四周寂静，也少了网络的诱惑，可以定神。两本书都先翻了几页。朱天文在《一杯看剑气》里怀念三毛时写林黛玉的那一节十分传神，于是我就通读了一次：林黛玉种种的小心眼，说话故意冤枉贾宝玉，动不动就伤心流泪，最大的私意，莫过于她对贾宝玉说的"我为的是我的心"。然而林黛玉的一生其实也不是为了情，她是为了求证一件最真实的东西，是求证她自己吗？她把她全部的人高举置于不可选择的绝境，如渡天河，渡不渡得过去，就在此一拼了。她和宝玉二人，是一是二，她对宝玉的绝对不肯迁就、不肯委屈，亦就是对她自己的绝对不肯妥协。"人生在世不称意"，当然是不称意的，因为自私，因为黄金万两容易，知心一个也难求，更因为她无法安分，处处反逆贾宝玉，原来即是反逆她自己，反逆世上所有的一切。朱天文对林黛玉入木三分的分析，引起了我阅读的兴趣。况且，篇章不长，不专心时也可以读一两篇。

福克纳的文章，是第一次读到。我一点也没有要谴责自己的意思。照理，像福克纳这么有名的一个大家的作品，我应该老早就读了。孤陋寡闻也好，不肯读书也罢，我不想给自己找一个没有读的理由。在我读到的福克纳的这本书中，字里行间透着的，竟是一种深深的爱国情结。是那种"词与句都像挤牛奶一样挤得干干净，总是力图穿透到思想的最深的核心里去"。

我想我会好好地读这两本书的，最主要的是我相信蔡兄的眼光。蔡兄赠这几本书总是有他独到的理由的。阅读只是一种习惯，而写作我却没有养成习惯。这些天，天天接到蔡兄的短信，其中有一条是这样的：老兄，三下五除二，抽个十来分钟写好发给我啦。蔡兄约我的稿子是在春节期间。在一个叫天然居的茶室里，交流了一些对时下的看法，蔡兄正儿八经地要约我和丁国祥的稿子。丁国祥是早就将稿子发过去见报了，而我却一直没有写。以为蔡兄忘了这档事了，我也乐得轻松。

南边编辑处事的认真我是见识过的。早些年，深圳报业集团旗下的一个刊物编辑辗转找到我，约了我一个稿子。也是我懒散，一直没有将稿子写出来。后来又听说约我稿子的编辑不在那家刊物了。却不料半年以后，接任的编辑又打了数次电话提起前任编辑的约稿。面对他们的认真，我也不得不认真了。

一直没有给蔡兄回复，但蔡兄越是随意，我越是不敢三下五除二的。

回到阅读。近来读的书真是越来越杂了。重新养成阅读的习惯，应该是去年。完整地读了上海作家李伦新的两部长篇小说，读了邹园的散文集《懒得握手》，也重新翻看了卡夫卡、聂鲁达、波德莱尔等人的一些著作。功利的说法，就是意识到了充电的重要性和必要性。

小说家马炜在绍兴与我的一次闲谈中，说到写作的累："写完一部长篇，感觉人整个儿被掏空了。"掏空了，就要重新填充。不然，思想进入荒漠，心智也会不健全。而生活，永远在进行着一种日升月落的重复。靠个体对生活的体验而积累的东西虽然深刻，描述显然就不够。阅读正好可以填补生活积累的缺失。

下午天气很炎热，热火朝天地准备了一些过冬的食物。又读了两本新书，粮食和酒全都有了。

现在，网络已经连上，想说的话似乎已经不多了。这几个零零杂杂的文字，就当作是重新培养一种习惯的开始。

送儿子上学

2008年9月16日早上去了杭州，是单位的司机开车送的。父亲和孩子他妈都去了，满满的一车。儿子情知我以后是不会去看他的了，所以他说老爸是不会再来看我的了。说实话，连这次我都懒得去，如果不是因为父亲要去看看他孙子的学校，我也不愿赶这次杭州。

儿子是大了，不会再像小孩子一样了。可是他娘还是一如既往地哄他、宠他。担心学校里发的被子不够暖，担心学校里的席子不够好，还担心没有出过远门的儿子会找不到目的地……所以她准备了被子、准备了席子、准备了在我看来毫无意义的牙刷牙膏。以至于我笑她"你以后干脆去杭州陪读好了"。在我看来，任何的特殊都是不好的，因此我很希望我的儿子能很快融入同学中去。同一个舍室里，被子颜色的差异会被同学看作是一种特殊化的。但既已搞好，就不妨用自己的被褥。

到学校后，报了到，去新宿舍看了下。然后我跟儿子说，这里是你的地盘了，今天的中饭是要你请我们吃的。儿子认真地想了想，对我说，那我们去学校大门口吃盖浇饭吧，我看过了，五块钱一份。我笑笑，让司机把车开往楼外楼。楼外楼这个地方，边吃饭边看风景是绝对的好地方，加收点服务费我也丝毫没有怨言。杭州的几道名菜诸如东坡肉、西湖莼菜、宋嫂鱼羹等，皆出自楼外楼，所以我一直把楼外楼的餐饮当成杭菜的祖师爷。

这次带儿子和父亲去楼外楼就餐后，我对儿子说："知道老爸为什么要带你去楼外楼就餐吗？一是因为你爷爷在，二是因为我希望你的人生道路有个良好的较高的起点。吃饭就是一种形式，包含的内核希望你能明白。"

此后的几天里，儿子不时地来电话。得知他做了班里的学习委员，学生会里好像也担任了什么职务。我说参加社会活动对你以后的生活有好处。多一种技能就是多一种生存手段，但千万不要把虚荣心当上进心，这是两个不同的概念。

爱心桥碑记

石下坑者，临韩妃江倚山一村舍耳。与邻村隔江而望。走亲访友，村民劳作，唯一独木桥。遇水泛滥，桥圯途阻，渡而不便，险象环生。仅近廿年，因水突涨避之不及被夺命者十名有二。两岸民众堪忧。逢绍兴日报社与石下坑村扶贫共建，曹连荣因此驻村为指导员，东走西访获此事实，逐在《绍兴晚报》连续发文诉告天下。又得网站、微信公众号及视听传媒转。一时间，牵动大江南北众生之心。欲捐资、欲助力建桥者众，红十字会即设专用账号接纳款项。时任县长邵全卯君见文，忧民之情现于毫端，批示纸间又临现场。东茗乡府，常督进度。时隔一月，捐款捐力合约八十六万元。仅壹佰伍十余天，桥即成型。众心所向，天堑何惧！爱心桥，应现合力之天作，人间大爱，可见一斑。设计勘探，题字撰联，竟未取分毫。天下仁爱之心可鉴。此桥告竣，利南北民众，益两岸百姓。履险如夷，皆因于助者多，故勒石以记，铭捐资助力者芳名以垂不朽。

关于手指的部分杂想

  我确定我一分钟前正在看特里·普拉切特的《选择死亡》，真是一部美妙的片子。时长约一小时，我非常认真地看完了它，而且还饶有兴致地跟着对字幕中的口型。我承认我的英语非常糟糕，我所认识的几个有限的英文单词，在我的发音中，完全是中式的发音。

  此前，我睡了两个小时。是的，是坐在椅子上睡了两个小时。我正对着我的电脑屏幕。醒来我奇怪我会坐在椅子睡得这么沉而且安详。我的右肩麻木，已经侵到了手指。我时不时地会被这麻木提醒。我非常认真地捏了一下我的右手中指，想起了 X 光片中的手指骨头的模样。我从来没有像今天这样感觉过自己的手指骨头。

  昨天从山居回家的途中，我突然觉得我应该对山居生活写点纯自然的感觉，而手指正是让我特别有记忆的肢体器官。

  事实上，我总是在注意手指的功能。

  有一句话在我的印象中特别深，我常常会不自觉地引用它：任何工具都是手的延伸。注意，是工具，不是思想。工具是被思想所用的。我不想漫无边际地对手做一些定位，我只想说，对我来说，手是重要的。我这样说无关对先天或后天因各种原因造成手缺失的人的歧视，我理解他们。

  我只想告诉自己，如果没有手指，我的山居生活会变得单调无味。抽烟喝茶、削草埋灰乃至种植收割，我都得用手去完成。

当我发现我的右臂麻木影响到手指的时候，我惊恐过。

当我坐在椅子上沉睡了两个小时后醒来时，我发现一种姿势可以让手臂的麻木感消失。这一发现让我立刻变得自信和开心。

我暂时还没有办法验证这种姿势是否准确或者以后是否有效，但这次我是很实在地感受到了。

我打开电脑，想快速地进入博客的页面。可是这要命的网速，让我连续按了好几次回车键。

其实我并不明白我想表达什么，但是我想敲几个字。我明白我现在的语无伦次。

天色已渐渐地暗了下来。

前几天剥栗子的时候，有几个细细的栗刺扎进了中指尖，很要命的痛，一碰到硬的物件就会钻心地痛，十指连心地痛。古代的刑具中好像就有这种貌似可以敲山震虎的工具。发明这种刑具的人，是一定受过扎指尖的痛的。

一定要明白，指尖带来的痛，是钻心的。

昨天喂小猫，被小猫的爪子抓了一下，而抓的部位偏偏又是指尖。

栗刺是第二天被挑掉了。细细的刺，在肉中，有一处就会让肉化脓。被小猫刺痛的手指过了一晚就不疼了，栗刺挑掉后也不痛了。

我想，应该对手指好一些。手指可以感受很多美好，也可以播撒很多美好。保护指尖很重要。

书法、绘画、写作、雕塑等等的艺术，无一不是通过手表示的。它可以让很多的无形变得有形，可以让许多的不美变得美好。即使现在，如果没有手指，我就不能很好地在键盘上敲字，思想就只能闷在脑中。

也许，以后会将零零散散的山居随想敲在这里，慢慢地、细碎地。关于种子、关于草木、关于工具、关于播种和收获、关于认识和收成都会。

整　理

　　书房里堆着书的纸箱，天长日久后，开始变形。借着简单装修房子的机会，请木工师傅量身定做了一个木质的柜子，把过去的那些日子从纸箱中移到木柜里。于是那些尘封着的过去便简单地透了点气。我看到了一些惨不忍睹的手稿。

　　我居然还饶有兴趣地扫视了一下那些年。那些手写的稿子，当年的思想和时代特征。

　　烟山雅客在微信中给我发了一张照片，那应该是十五年前的照片了。照片中的我，瘦得像根被风一吹就要倒的竹竿，套着的西装极不合身，像穿着长衫般可笑。他说我有愤青气质，一介书生。我左看右看上看下看都看不出书生气来。年轻时，我是一直被称作"拖拉机手""灰塌猫"。据说我妈把我生下来时看了我一眼就说"介难看格小侬"就不喜欢我了。所以我既没有饱满的天庭也没有方圆的地角。

　　好在我一贯没有因为形象自豪过，所以被称作"拖拉机手"我还十分快乐。现在几个老友偶尔相聚，说起当初背地里称我为"拖拉机手"时我还大乐。

　　也许我真不是个书生。前几年，电视台做一个摄影家的片子，因为熟悉这个摄影家，电视台的记者找到了我，让我评价一下他的作品。后来摄影家告诉我，说他的同行和老乡们都在为我是书生表示疑惑。我也从来没有以我是书生示人。我读的书太少，最近这几年更少。如果说年轻时为了想做作家，被迫像模像样地读了几部中外名著，那么现在是基本不读了。老眼昏花，捧起书不一会儿就会感觉头晕目眩。这一年也就读了一部张小波老师赠的书。当然偶尔也翻翻朋友们寄过来的他们的作品。那只能算作阅览，不能算作读书。

回过头去看那时候的所谓小说，发现实在太单薄。无论是人物形象还是小说结构，及至语境，全然没有现在的中学生写得好。除了胆子大，基本没有什么可取之处。但我认为这是一种无跳跃的过程。而且，真的是无知者无畏，我居然还将这篇稿子投了好几次，混了好几张铅印的退稿信。

我奇怪自己，当时居然可以为一点非常小的感触去写文章、写小说，抑或写诗歌，而且表现的东西又近乎于白痴般浅显。我佩服起自己当时的勇气了。

我妈在我长大后，骂过我是混世魔王。一直到她临去的前几年，才开始正视起我来，还对我爸说，原来老三也不是太难看。让我挽回了一点颜面。不过我爸从来没有嫌弃过我，在困难的时候，还偷偷地往我的口袋里塞钱，为我定制过家具。

现在流行讲究颜值。老了，颜值是没有了。颜值的事，是在眼睛里看绿水青山、云卷云舒。

不过我不自卑。我还能掏地种菜、品茶读书。闲时，还能从山水中得到一些启发。还可以与年轻的、年长的人交流。更重要的是，我还可以爱憎分明。

手写稿，我还是整理进了木柜子。毕竟这是一种曾经。虽然字不好看，表达的内容也没有现实价值，但于我自己，这也是一种回忆。

书还是要读，文字也还是要亲近。拖拉机手肯定是做不成了，所以衣袖上也不会有太多的油腻，但裤管上会不断地增加泥土的味道。

爸爸，你好

　　二〇一三年农历十二月初一，就是今天，父亲的生日。

　　早几天就寻思着要让老爹高兴一下，前天晚上特意过去问爹的意思，爹却摇摇头，叫我不要搞。还说"我如果能活到八十岁，你就给我做一下"，听之伤神。思考再三，还是决定要纪念一下老爹这个特别的日子。

　　以前母亲在时，我从来也想不起爹的生日。母亲离世以后，对这种纪念日还倒格外记得牢了。母亲离世的第一年，我跟爹在"有意思"吃的洋快餐；第二年，我在新得力酒店为爹订了一桌酒；今年是母亲过世后爹的第三个生日，我为父亲挑了块围巾，又在酒店为父亲订了酒。父亲滴酒不沾，我也滴酒不沾，但酒还是要有的。

　　我则因为近来很忙，去看望父亲的次数也少。冷空气袭来时，我怕爹冻着，打个电话过去，没想到爹的声音有些哀怨："你还记得给我打电话啊！"自省到看父亲的次数是太少了。最后当然是父亲笑着对我说："没事的，我又不是三岁小孩，冷暖我自己知道，你放心好了。"

　　我放心得下吗？我的老爹。我现在放心不下的不是儿子，而是老父亲你。让你不要再骑自行车了，你却偏要骑车。让你散散步，不要去爬山，结果你告诉我有一次滑倒在山上。我真怕有个闪失，对不起我那侍候了你一生的母亲。

冬至那天，按习俗去给娘垫土，我问你去不去看看妈，你说你要去看你妈。我想想也对。所以那天我天我儿子回家，看到我鞋上的泥土，问我干什么去了，我说去看你奶奶了。儿子问"那么爷爷有没有去"，我告诉儿子"爷爷去看太婆了"。儿子若有所思，嗯了一声。我知道你的举动已经让你的孙子知道了一些什么道理。

　　老爹文化不高，认识的几个汉字还是他在读小学时边放牛边记进去的。但老父很喜欢看书，诸子百家、三国西游水浒传什么的他都能道上一二。怕他寂寞，我从去年开始为他订了份报纸，让他慢慢地消磨时光。我有一个心愿，就是一定要让父亲在他有生之年觉得快乐。

　　今天是父亲的生日，让我在这里对父亲说声"生日快乐"吧，生日晚餐已经订好，希望你能过上一个快乐的生日。

烧了一碗榨面吃　想了一回妈

天雨，脑子稀里糊涂，想去街上吃份快餐，却又懒得打伞。

烧了一碗榨面，放了半个西红柿，略微撒几梗咸菜。汤清，色红白相间，夹杂咸菜的颜色。要是有点儿葱花或者香菜就更好了。可现在连这个都是奢求。

有一种怪怪的感觉，很怪，无法用语言描述。

准备翻盖的瓦没有了，是我自己懒了一把。也懒得去追问这些本来属于我的瓦。只能说这些瓦本来不应该属于我。不属于我的东西，当然得让它有归属。

妈在世时，常常用这样的口味烧给我吃。在灶台上，发了很长时间的呆。

懒得出门，不想出门。懒得做事，不想做事。

丁国祥说小说无法虚构。

我越来越感觉自己进入了更年期。眼睛是花了，越来越花。只是看着阳台上种的青瓜，藤越来越长，果越来越大。

雨季来临了。妈，你还好吗？你的屋有没有漏水？每次去老家，看到屋顶的天光，我都会想起这样的问题。

月中住医院了，昨天给我打的电话，今日得去看看。

人淡如茶，越来越没味道。却还是那么固执地喝着茶，就像不想出门，又不得不出门一样。

母亲的池塘和堤坝

"昨夜宁静的池塘，吹过了冰凉的西风。"从昨夜开始，我的脑子中一直闪动着的，就是这两句。

三年前的今天，农历四月初十，对我是个黑色的日子。监护仪上晃动着的生命的曲线慢慢地变成了一条直线，我知道，我母亲的生命走到了尽头。当时浮现在脑海中的，也就是这两句。

三年了，母亲。整整三年，我时常沉浸在失母之痛里。只有你的瓷像微笑着陪我度过每日每夜。照片是我亲手拍的，母亲生前也很喜欢。

一直以来，很想为母亲写点什么，却终未成文。很多的日子，一想起母亲，就撕心裂肺地痛。母亲最后的形象时常在我的脑海中浮现，可是母亲，三年来竟然没有一次在我熟睡的时候托过梦。是我对你不够孝顺吗？还是你无意来扰我的清梦？我只是让你的瓷像放在我日日坐着的电脑跟前。

与母亲共同生活的时间并不长，算起来一共才八个年头。而这八个年头，正是我最不懂事的年纪，正是性格充满了叛逆的年龄。此前，我寄居在乡下的爷爷奶奶处，在那儿上的小学。对母亲的全部记忆只是一条修改过的旧呢裤。这条旧呢裤让我有了虚荣的感觉。那个年代，奶奶还在灯下纺纱，有钱也买不到布做衣缝裤。是母亲带来的呢裤，让我有了我有个城里人的妈妈的满足感。直到小学六年级，我才回到母亲的身边。

母亲像一口池塘，既是堤又是水。

回到母亲身边后，因为在爷爷奶奶身边的野性未曾泯灭，总是不习惯母亲的很多唠叨。

住在红色路15号的日子里，是慢慢长大的日子。

那时候还小，总是搞不明白母亲为什么天不亮就要我起来去排队买豆腐，为什么放学以后要去她工作的地方拎两大壶热水回家。总是搞不懂母亲为什么这么严厉。也常常从两个姐姐和一个妹妹的口中听到对母亲的抱怨。

现在忽然明白原来母亲是这样在培养着我们的独立性。是这样在为一个六口之家操劳着，耗着她毕生的心血。池塘里的水，时浑时清。池塘里的鱼，却不明白水的心事和堤的心事。当自己也成了池塘，明白了要操心的东西其实很多。冬天的衣服，夏天的凉扇。更何况我们成长的年代，正是什么都定量供应的年代。如果稍有不慎，就有可能缺衣少食。当明白了这个道理，我想对母亲说：母亲，辛苦了。你的含辛茹苦使我们明白了做人的道理。

母亲去医院前的晚上，父亲打电话过来，说母亲咳得厉害。时间已过12点，我赶紧赶往母亲的住处。母亲无力地躺在床上，见我走进她的房间，吃力地坐了起来。我给母亲轻轻地敲着背。那一天的晚上，母亲跟我谈了很多。看母亲精神好了许多，我劝母亲明天去医院看看，可是母亲却不肯去。她告诉我，此一去是回不了家了。第二天，我跟一家跟我家有世交的所在的医院联系好后就送母亲去了那里。那个医生按我们跟他约定的方式对母亲说："阿姨，你先去人民医院做个化验，我这里设备不够好，化验做好以后可以再住到这里来。"

在人民医院，将母亲抱来抱去地做化验，从这个楼到那个楼。我跟母亲开玩笑："妈，我今天抱你抱得累死了。"母亲也对我笑笑："我小时候抱过你呀，现在你还给我。"母亲说这话时带着的笑意让我心里舒坦，我想到了反哺的意义，想到母亲需要照顾了。

母亲住医院的那些日子，我的心情很沉重。我总觉得母亲池塘里的水已经开始慢慢干涸，母亲的堤坝在日积月累的风霜之后开始溃塌。于是我不敢有丝毫的闪失。每天我花上一个多小时，亲手为母亲做上她爱吃的菜、她爱喝的泡饭。尽管那时候母亲的胃口已经一天不如一天。每次母亲看到我送饭菜过去，总会露出甜甜的笑容。我像哄孩子一样喂着母亲进食，直到她摇头不肯再张嘴。

我感觉母亲的这次病来势有点凶，因此平时极不注意的我，居然不肯离开新昌了。那年，刚好中国作家协会在北京举行中国作家新世纪笔会，我有幸得到邀请。文联的领导和宣传部的领导都希望我去，但我想起了古训：父母在，不远游。虽然北京与新昌，一天可以来回，但我还是怕母亲有闪失。因为一个晚上，我对母亲说："这几天太忙，本来今晚不过来看你了，但怕你在望。"以为母亲会像平时一样对我说"你忙的话你就去忙好了"，但母亲嘴里吐出来的，居然是"你不来的话，我是要望的呀"。我感觉母亲对儿女有了依恋、有了不舍，有了希望跟我们多聚一下的要求。

母亲年轻时因为胃病，学会了吸烟，住在医院的日子里，医院有规定不能吸烟，而母亲的病也不能吸烟，但烟还是会诱惑她。有一次，我去医院看母亲，母亲对我说："你爹他们不好，烟也不让我吸。"我拿出了带在身上的香烟，为她点上了。然后我把余下的烟放在床头柜的抽屉里，对母亲说："他们不让你吸，是为了你好。我现在让你吸两口，你要立刻扔掉，以后想抽了，你就抽，但只能抽两口。"母亲满意地笑了。谁知，这两口烟，竟是我母亲最后的两口烟。当天晚上，母亲就被送进了重症监护室。

重症监护室让我们在体力上爽快了不少，因为什么都是医院在做。然而精神上压力很重。每天个把小时的探视时间，还要分给亲戚朋友。实际上只能进去看看。母亲的嘴里吸着氧，手脚被固定在病床上，身上插满了各式各样的管子。初九的那天早上，我接到了重症监护室的电话，说我母亲情况好起来了，可以做点粥过去。我在家里煨好了粥，谁知这粥竟是我生命中最后一次为母亲煨的粥。如果知道是母亲的最后一餐饭，我不管怎样也要去为母亲喂上几口。

　　初十早上过去，见母亲依然安详，便回了家。9时多，突然接到医院的电话，让我快点过去。当我走进重症监护室时，母亲身边的显示仪曲线升了起来。护士对我说："她原来是在等你的。"站在母亲身边，看着母亲的生命体征慢慢消失，我的心变得冰凉。我心中掠过的，就是这句"昨夜宁静的池塘，吹过了冰凉的西风"。

　　母亲啊，你用你的池塘养育了我们，你用你的堤坝替我们遮风挡雨。我曾是你池塘里的鱼，欢乐地嬉戏在你的水中。不能在你的池塘中为你添点生命之水，没有在你的堤坝上砌砖垒石，我好痛心。三年了，我把对母亲的怀念之情统统地倾注到了父亲的身上。在自己成为池塘之后，把生命之水一半还给父亲，一半交给儿子。让母亲照顾过的父亲有水滋润他有限的生命，让母亲寄予希望的孙子能接受他祖母的恩泽。

儿子定亲

2015年11月2日，敲下这个日子，只是为了纪念儿子的独立。定亲了，领了结婚证了，这个日子就赋予了儿子特别的意义。想对儿子说点什么，又觉得一切都是多余。

人总是会学着慢慢长大，会学着去面对一切。

向来以为，做长辈的，要相信自己的儿女一定会比自己强。

所以一直就不喜欢给儿子做什么设计。儿子上幼儿园时，我就陪着他玩电子游戏，坦克双打，津津有味，有时候甚至还喊出声来，兄弟，注意那辆坦克。高考填志愿，儿子说："爸爸我知道你不喜欢日本人，可是我想去学日语。"我问他为什么要学日语，他竟找了一个我根本没办法反对的理由：传播中国文化。其实我知道他是从小玩电子游戏，很多电子游戏都是日语版的。学日语只是因为从小受到日语的影响。考上的不是什么名牌大学，不过好在儿子还挺争气。大学二年级的时候，就把日语一级和英语六级的证书拿下来了。大学毕业以后，我对儿子说：好男儿志在四方，你要去闯荡，等你走投无路的时候，你回来，凭爸爸的人脉，找份工作、混口饭吃还是没有问题的。

儿子果真去闯荡了。

实习期间在安徽的一家企业里，与日方总经理相处得不错。当时，企业给他配了一只新款的三星手机。半年实习下来，他临走之前，把手机还给了企业，我赞了他，觉得他做得很对。毕业后，他在一家世界500强排名前50的日资企业里工作，兼做财务和日文翻译。偶尔与我谈起，露出想换单位的想法，我劝他，要对企业忠诚。但最后他还是被猎头公司瞄上，换了另一家日资公司。

女朋友是他高中的同学，我不知道儿子是什么时候跟她谈上恋爱的。以前儿子带她来家里，说是同学。我对她印象挺好。懂礼貌，有教养，长得也挺漂亮端庄。言谈举止，像是大家闺秀。不承想，儿子去实习的公司，董事长居然是她父亲，现在成了儿子的泰山。

企业界的朋友，我关系铁的也有一些，但我没有见过像亲家般的，说话斯斯文文，语调柔声细语，脸上自始至终都挂着笑。通过朋友去提亲，第一次约他吃饭，朋友居然跟我说好了时间却忘了跟对方说，到酒店才给他打电话。后来我听说他们夫妻俩都做好晚饭了。我一直对这件事心怀歉疚，第二次相聚的时候，我向他道歉，他说"如果我要计较这点事，我现在就不会跟你坐在一起了"——说得我心宽了不少。

婚姻一旦正式提到议事日程上，便总会有很多具体的事情。比如定亲的酒宴、要分发的喜糖、宴席上的用酒等。却不承想，亲家和亲家母从头到脚都在替我们考虑。他们不曾提过一丝要求。以至于我跟亲家母去订餐，亲家母挑了十分普通的菜品，我知道她是在考虑我的承受能力。今天，定亲的酒水都是亲家提供的。每每我露出感激之情，亲家和亲家母总是这样对我说："我们是一家人了，不存在谁照顾谁的问题。"还有儿媳，在我跟儿子短信讨论定亲宴的时候，她宽慰我儿子，发短信对儿子说："你跟叔叔好好说啊，不管是你还是我，永远不会因为这个怪他或者阿姨。"我缺钱，一辈子对钱没有什么概念。儿媳的"这个"指的就是钱。看了儿子发过来的截屏，我差点哽咽。

早上儿媳来家，叫我第一声"爸爸"的时候，我感觉十分幸福。我只对她说"这个家，以后你做主了"。我的家跟平时一模一样，我的书房还依然乱七八糟。儿媳没有一丝的不快。我觉得，这样的儿媳，以后是可以相处得十分融洽的。毕竟是重教人家的女儿。前次亲家深夜两点到的家，第二天一早就去看望他乡下的高龄老父亲，我就觉得这是个有礼有节的家庭。在这样的家庭背景下成长的儿女，一定是知书识理的。现在果然。

我对儿子说，你要好好孝敬你岳父岳母，善待你媳妇。儿子说会的。希望你说到做到，儿子。

路正长，你们要走好。幸福是要靠创造的。高起点要有高素养去经营，这样人生才会美丽，家庭才会美满、幸福。

记录夜钓

钓鱼去！就这么定了。

坏了一根杆，断了四根线。惨兮兮。

晚上20时，坐在我书房的田鸡老师突然想起来要去钓鱼。钓了几次水库鱼，钓溪鱼的兴致越来越少。尽管有些路，我还是给水口山水库的鱼老板打了电话。得到他的首肯后，约了鸟飞江边，三人成行直奔水库。

过了中秋，夜有些凉，水口山水库有些偏僻。

到了水库，却见坝上的灯已亮了起来。给老板打电话，却被系统告知手机已关机。

几只看家的狗，狂吠，胆子却小，在黑夜里只听见声音而未见狗踪。

还好田鸡老师白天钓过鱼的鱼饵还有一些蚯蚓，先钓着再说。不多时，一些河虾陆续放到了我们的盛鱼工具中。

春风宜人从上虞过来在警钟山顶给我打电话。

要命的江湖因为游戏ID中没有银子打来了电话，问我的游戏ID密码，据说跟涛哥一起在玩网上麻将。

平素的晚上是没有这么多电话的，今天在水库坝上光听见我的声音。

鱼跃出水面的声音很响，在空寂的夜里会让人产生一种恐惧。

不一会儿，老板来了，拿了些鱼饵来后就一直坐着陪我们钓。

南北 NAN BEI

我边跟老板聊，边注视着水面。

发光浮标不见了，起钓：鱼竿因为力学作用发出了呼呼的声响。

一条鱼死死地在贴着水底逃来逃去，凭感觉就是那种叫不来名字的鱼。后来方知这是一种野鲶鱼和汪刺鱼的杂交品种。为了将前一天钓来的这种鱼切片，今天左手的食指被深深地切了一刀，血流如注。晚餐菜是鸟飞江边做的，我擎着出血的手指，指导着他如何切菜、如何下锅。儿子回家后紧张地问我要不要紧，吃了饭后还特意跑我的书房来问："爸爸，真的不要紧吧，要不去医院看看。"我对儿子说："儿子，现在是我们为你担心的时候，你不要为我们担心。"

果然是一条大鱼，比前几天钓起的还要大，约有四斤。不一会儿，又一条约有三斤的草鱼上了钩。怕钓得太多，于是跟老板商量可不可以放回水库，结果放了。想着今天晚上不要钓太多的鱼，前几天钓回来的鱼还没有全吃光。水库里的鱼放在自来水里不会成活。趁老板走开的瞬间，我叫田鸡老师将他刚上钩的一条杂交鱼放到水里去。那条大的，我是存心让春风带到上虞去的。

抽闲就跟老板聊了起来，得知他十七年前承包了这个水库。库里的鱼约有十三四种。今年五十多岁的他，有一个不幸的家庭：妻子先是乳腺癌，切除后，在肺里发现了肿瘤病灶，化疗一次就要两万多。家里兄弟姐妹都不在身边，身为老大的他将他的七十多岁的老娘接到了水库边住，也算是多个帮手。二十五岁的儿子华东师大毕业后，在复旦大学执教。说起儿子，看到鱼老板的脸上有了一些笑容。

22时30分左右，接到了春风宜人的电话，说她们在城西大院吃烧烤。

23时左右，当最后一钓起钓时，很粗的一根渔线拦腰折断，此前已相继有几根线断了。收杆。让老板过去称一下，我们收拾渔具。不一会儿，老板将两条杂交鱼、三条鲫鱼和一条扁鱼装成了两袋拿到坝上，收了我们一百元钱。之后，我们将虾全部放入了水库中。

赶往城西大院，看到了十来个朋友在那里吃烧烤。意外地发现了蝴蝶和山鬼，还有三十六湾篮球队的几个队员。

分手时，索性将鱼分了个光。将扁鱼和大杂交给了春风，将三条鲫鱼让田鸡老师带走。钓鱼非为食鱼，有了钓的过程就好了。

从城西大院出来，人便分流。春风宜人回上虞，田鸡老师带小鸟。聚也依依，散也依依。钓鱼，说白了就是钓风、钓雨又钓人生！

南北
NAN BEI

修剪心情

    原本我以为竹子是会常绿的，可猛一抬头，却发现了叶尖上的枯黄。这个发现，竟令我沮丧不止。

    只知道竹子开花是竹林枯败的象征，曾被那首"竹子开花了，躺在妈妈的怀里数星星"动容，没有想到，竹叶也会萎枯的。一阵风，吹得窗外的竹叶索索。到底是秋风吹黄了叶，还是叶招来了秋风？

    也许是我的竹子长在阳台上的缘故吧，虽然有阳光，但不强烈。虽然有水滋着根，却没有雨露浴着叶。我记得，我对这竹子是很精心的。可是它还是在叶尖上露出了细小的败象。

    这一发现，立刻令我心痛不已。我记起了这枝被我扦插而活的竹子破土而出时的欣喜。这破土时不壮，但有两片叶子在笋壳外证明着生命的顽强。眼看它一节一节地长成了竹子的模样。再眼看着它的叶渐渐地漫向我的窗台，使我在夜晚来临时，依然可以看到疏密的竹影依稀间在黑夜里舞蹈。有时候，我会把台灯的光亮照向它，然后静坐窗前，看它随风而动的样子，心中生出无限的喜悦来。

    其实，我从来没有让我的竹子缺过水。在种竹的盆子底下，是我亲手砌成的鱼缸，鱼缸里养了四只乌龟。我希望乌龟的运动会搅动水，希望搅动的水会化成水汽，希望水汽会滋润我的竹子，让竹竿挺直、竹叶常绿。即使最忙，我也会打理我的竹子。可是我不明白，它怎么就不顾我的感受而枯黄了呢？

那些美丽的叶子，让我为之神清气爽的叶脉。也许是季节为你唱响的挽歌，正如我的头发无可奈何地渐渐花白一样。它老了吗？可它分明还是我昨天的记忆。我老了吗？岁月已经无情地将沧桑刻上了我的额头。

刚刚昨天，一个"80后"的小朋友叫着叔叔来到我的博客，给我发了加他为好友的请求。看着跟我儿子一般大的小朋友，我感觉应该加他，尽管我没有对他回复半个字，但我还是去他的博客读了他年轻的诗歌。诗虽然写得不老成，宛若刚刚破土的竹笋，但我坚信，只要有足够的土和足够的水去滋润，小朋友是会像竹笋成长一样，长成清秀的竹子。风摇动叶子只是表象，挺立有节才是它真正的内容。

我起身拿起剪刀，修剪黄叶。但我终于相信：再绿的竹叶，也会渐渐变黄。只要打理，它还会以绿的姿态展现在我的面前、展现在世人面前。

与字纸有关的一些想法

上海有个叫张丽华的作家（网上称"美女作家"）在她的个人博客上写了一篇文章，以《只想和余秋雨一夜情》为题赚足了点击率。有人骂有人捧。骂者说张丽华不知廉耻，捧者说张丽华为人诚实、不虚伪。我看了她的博文后哑然。既不愿成为骂她的，也不想成为捧她的。我丝毫不怀疑张丽华在写下这篇博文时的情感活动是真实的，但我却怀疑张丽华情感的持久性。这个美女作家有点儿可爱，生活经历有点儿肤浅。要知道，所谓的完美只是一种心理上的感觉。这世上找不出一件完美的事物来，更不要说人了。

秋雨先生开创了一代新散文的风气，但我相信他胆子再大，也不会开这种先河。因此从某种意义上来说，"美女作家"不过是拿秋雨先生的名声炒作一下自己。

张丽华的文字我没有看过多少，凭这一篇博文就做出这样那样的评判似乎也不够君子，但我想说这样拿自己的声誉来炒作自己，代价未免太大了。须明白，这个世界有许多事情可以想不可以做，有许多事情可以做不可以想，有许多事情连想想都应该让自己汗颜。好歹也算是搞文字的，你怎么就说了出来呢？也许张丽华希望得到的就是说出来后引起的反响所带来的快感。她真正的快感可能不在于秋雨先生是否和她一夜情，她在意的是搭上秋雨先生是不是能引起轰动。结果，轰动了！

许多网站竞相转载，网易还将这篇博文配上张丽华的裸照（当然是艺术照）放到了首页上，获得了相当高的点击率。

当看着屏幕上的方块字黑压压地集结，我却想到了我的爷爷。

我爷爷没有文化，充其量认识自己的名字。但爷爷的口头表达能力很强。我年幼时，夏夜的星空下，在自家的道地里，搬把小竹椅，点起艾蒿把，就在一阵阵的艾草香里听爷爷讲故事。很多年幼时听爷爷讲过的故事，现在还能复述出其中的主要情节来。

爷爷尊敬有文化的人，也尊敬匠人。那时候，教师、先生虽然被称作"臭老九"，但依然是个受人尊敬的职业。爷爷对老师的尊敬丝毫不比对匠人的尊敬逊色。我们那个时候是个纸张奇缺的年代，谁能拥有一刀（一百张）16K的白油光纸，谁就是富翁，会引来同学羡慕的目光。那时候，我们的脑子当中没有手纸的概念。有时候急了，会随便撕张报纸或从练习本上撕下写过字的一页来当手纸。如果这个时候被爷爷看到，是一定要被骂的。爷爷宁愿我们用白油光纸当手纸，也不肯让我们将字纸当手纸。用爷爷的说法，纸上有字，就是有灵，断不可随便亵渎。现在想起来，我对文字的崇敬是受爷爷这种观念影响的。及至今，我仍然对写过字的纸心怀敬意。

扯回来说张丽华。张丽华是个作家，从事的就是将文字写到或印刷到纸上的工作。无论平面媒体、书籍杂志还是互联网的博客空间，她都要用文字说话，也就是说她要将字写出来才能表达她的思想状态。"文章千古事，得失寸心知"是老话，我不知道张丽华是否明白这句话。

我顽固地认为，搞文字的人写出来的文字，是要对自己的心灵负责的。从这个意义上来看，张丽华的字纸确实有些不够雅致以致卷面不够清洁。相对于余秋雨先生，落差就产生了。难怪张丽华没有从平等的角度去看待她心中的偶像，而用了"一夜情"三个字。

但愿"这情"与字纸无关，但愿"这一夜"也与秋雨先生无关。而张丽华，尽可以臆想，在自己的世界里天马行空。

一树寒梅

　　从阳台上放眼望去，正对面的墙角边，一树蜡梅开得正好！

　　忍不住下楼。还未走近，幽香阵阵扑鼻而来。我看见了花的姿态，也看见了花的颜色。

　　突然发现，我原来是不喜欢这种色彩的。我喜欢的是粉红，那种柔柔的、软软的感觉会让人觉得宁静。而黄色让我感觉太刺眼。原来我的眼睛已经老了。

　　终于没有再走向蜡梅，因为我害怕我的眼睛会受不了。

　　我相信着蜡梅的美好，也享受着苦寒中的梅香，但我是无法走近的。

　　年岁上去了，心里零零碎碎地装着的东西也多了。工作、生活，亲情、友情，老人、小孩……

　　今天是父亲的生日，先问声父亲好吧。感恩老人带给了我生命，也感恩因生命而来的快乐与喜悦。

　　梅花格调再高，也终究会零落成泥碾作尘的，香如故只是一种美好的愿望。

　　花香是留不住的，展现的只是在过程中。

　　放弃观赏蜡梅，我放弃了一种心情。

　　世上美好太多，占全是不可能的。想起了国画，想起了国画的留白。

　　心也应该留白的。即使心里装的全是美好，太沉、太满、太多也是会让它受伤的。

提笔给远在杭州的儿子写了一张贺卡：让我们和岁月一起长大。

桌子上的东西太多，该清掉一些了。看着就有些零乱。比如扫描仪。打印机上有扫描仪了，为什么还要让另外的扫描仪放在桌上呢？为什么还要让它在我的眼前晃来晃去呢？

突然发现了自己的零乱，就像这些与寒梅毫无关联的物象。

再从阳台上看蜡梅时，花在眼中纷纷地凋落。也许这更接近本质。

大年二十九的晚上

好冷啊！

呵气成雾，脚下的水洼已结成了冰地，稍不留神便要滑倒。

新昌江的水面，一如往日般的平静，放眼望江面，比平时多了些冷俏。

风很寒，虽不劲，却拼命往衣服里面挤。

两只塞在裤袋里的手，此时不敢拿出来。我甚至不敢用手拿烟。

偶尔有出租车从身边开过，掠起一股凉风。

乌鲁木齐零下十七摄氏度的严寒，全然没有这般冷。飞雪从身边飘过时，还会有融融暖意。

街上，行人稀少，街灯昏黄。

偶尔从空气中飘过来的，是烧烤的香气，弥漫着，飘散着。

不经意，鼻水滴了下来。

本命年的前奏，预示着什么呢？

新年的第一篇博文

早上好！醒来后对自己说。

新年其实已经过了几天了，一直在焦虑不安中。心惴惴，手忙脚乱。

前天为了安慰年事已高的父亲，去乡下看一个故去的远房叔叔。

昨天为了给亲情以一个交代，去乡下送别已成灰的远房叔叔。在现场，小哥班把戏演得跟真的一样！演员穿着戏装唱着越剧哭灵，居然长跪在叔叔的灵前。这一切太假！我离开了叔叔的亡灵，找到一处檐廊下晒太阳。太阳光在寒冬里给了一丝暖意。原来，温度是可以调节心情的。

晚上两家论坛在联合举行一个新年联欢晚会，人员很多，虽然是AA制的活动，但网友表现出了异常的热情。快入场时，仍有人打电话找我，希望能为他们搞到入场券。三百来人的活动，应该是大场面了。我感觉我的心情与这台晚会格格不入。开场后几分钟，我就找了个借口出来了。虽然我知道，晚会一定很热烈，会有很多精彩。

昨夜的风，西窗的月，让我想起了一句古诗：宠辱不惊，闲看庭前花开花落；去留无意，漫随天外云舒云卷。于是又觉得人生何苦有太多的喜怒哀乐。喜也随其喜，悲亦任他悲。自己的心情，是需要自己来调节的。能顾着别人心情的人，世上亦少。在功利场上，谁都在按自己的轨迹运行；在生命途中，可以同行的人少之又少。

今年阳台上的那枝花，开得特别的好，花期也特别的长。这么多天下来，花还在缓缓地舒展着。

养着的几只小乌龟，潜进了淤泥中。入冬以后，就再也没有见过它们的影子。这几只乌龟，不如前年的几只，前年的几只，已跟我熟了，在我去看它们的时候，会伸出它们的头来。去年的几只，听见我的脚步，就将身体沉入水中。于是对去年的几只，我就少了喂它们的兴致。人心如斯，原来喂动物的心情也是需要动物回应的。我是不是太狭隘了？

此刻，那些狂放的、猥琐的自己在脑海中不断交替。是探问？是诉说？早上醒来开始打开电脑，胡乱地跟自己说着话。

十指冰凉！

大年初三，很文学了一把

真没有想到，2009年的大年初三，在天然居很文学了一把。

文学这个话题，谈的人是越来越少。文学的味道也越来越少。所以我对爱好文学的人充满敬意，虽然这年头，文学已越来越多地渗进了很多其他的味道。

丁国祥让我去白云大酒店吃饭，说是俞心樵和谢方儿及蒋立波来了。差不多有二十年没有见到过俞心樵了，除了偶尔从《人民文学》《诗刊》上能读到他的一些诗外，印象中好像他还让群星带来过他的一本跟人合著的诗歌合集。方儿兄前几个月编发过我的一个小说，给我打过一个电话，没有碰面也约有十年了。依稀记得是1994年的作家代表大会上遇见过他。进了白云大酒店的包间，见到了很多的熟人和陌生人。蒋立波和傅海英是认识的，还有当年跟着立波来我这里的宓可红，如果是在别的地方见到，我是肯定认不出来的。陈国炯的消息是从山东威海来的，我编发过他的一个小说，真没想到他已调回了新昌。还有一位女士及另外两位绍兴来的我不认识。本地的还有张文辉，一个小伙子，诗歌创作很有潜质。群星原来是电视台的，后来去了杭州的一个刊物做编辑，再后来拥有了自己的公司，这个诗写得不错的小伙子，依然还文学着，也确实不易了。

餐毕就去下依山。老男人近来的恋乡情结无以复加。来了什么客人，他总要带他们去他的故土看看。道路曲折弯弯，山里的空气很干净，是可以化人的那种。感觉他们的村子也干净了许多。时近16时，给湖莲潭大酒店打电话，说是已无座。询方儿兄，告知他我们是否去搞点小吃，得到方儿兄的认同。于是一行人浩浩荡荡地开往天然居，立波和《南方周末》的蔡军剑兄已等在茶楼的门口。在后来的谈话中发现，这是个非常有思想但很稳重的年轻人。在一个叫群贤斋的包厢里，海五海六了一把。方儿兄送了两本他的个人作品集，一本是《感受心灵》，一本叫《倾听琵琶声》。我们彼此交换了一些地方刊物。俞心樵送了一册他的诗集《俞心樵诗选》。

细想起来，这样的沙龙已经多少年没有过了，虽然观点不尽相同，但这种热烈的氛围是难得有的。

今天收到一条短信，是昨天从绍兴来的当中一位我不认识的搞收藏的朋友，他叫赵小良。收到短信时，我正在读他的小说《冬天的白雪》，他称"昨天非常感谢你的盛情款待，你的绍兴文友赵小良祝你在新的一年里，事业顺利，万事如意"。于是又想到了昨天在讨论中他拍案而起的样子，我觉得这是个汉子！讨论的内容是时政，赵小良认为社会在进步，一些人认为进步不够。我是赞同赵小良的观点的，用今天的眼光去看待昨天的历史是不行的，而且历史不能假设。对社会，我们应该看到进步，我们也应该怀抱感恩之心。抱怨不是批评。

大年初三，文学了一把，感觉尚好。可见不管怎么样，精神还是很重要的。和北京、杭州、广州、富阳、绍兴的文友们聚在一起，观点可以不尽相同，但气氛是友好的。想到的另外一个词就是：有容乃大。

杂 记

八月十五凌晨时分，想在博客里留点感想。写到快结尾的时候，突然网页跳转了一下。当我再次进入的时候，却发现先前写的文字没有了，只余下转页后的几个文字。因此而沮丧了许久。这样的事情我已经遇上第二次了。突然就没有了想写的冲动。于是关了电脑就休息。

早上起来就先洗了个澡，穿了长袖体恤又加了件外套。儿子说："老爸，这么热的天你还穿这么多？"我笑答："儿子，爸爸老了，怕冷。"

到阳台上站了会儿，发现今天的太阳很明媚，有清秋的样子。月季开得正好，感觉竹子有些茂密，得给它修剪一下。

秋天里有了些淡淡的心事，说不清道不明，无法准确描述，像游来荡去的风。

几枝高过我阳台的枝叶，正飘摇着。看对面的墙边，一边是枯草，一边是红了的石榴。

一枯一荣，相映成趣。鸟儿飞过来，叽叽喳喳。龟跳进了水中，发出"嗵"的声音。

太阳又躲进了云层中，小区里的汽车喇叭是很烦人的声响。

生命，就这样生动着；生活，就这样在不断的零乱中找出头绪。

手机有短信的提示音，打开看时，跳动着的居然是四个字：节日快乐！

太阳又在视野中了。

中秋节杂记

中秋了。早上起来，阳光淡淡，难得中秋的天气如此之好。往年的中秋，总是细雨蒙蒙的日子多一些。按理天气跟心情有关，其实不然。这几天想写一篇"常与小虫为伍"的短文，却找不到切入点，看来不是思想老化就是笔拙了。

我一向不大有节日意识，而且多年以来我是在淡化这种意识的。所谓节日，不过是找一个乐呵乐呵的理由而已。我并不反传统，传统节日的存在，总有它存在的意义。这个时刻，我陡然想起了鲁迅先生的《祝福》里描写的鲁镇过年的氛围了。刚刚在我的耳侧响起过一阵鞭炮的声音，却不知这鞭炮是因为有人新婚还是有人故去。

昨天傍晚时分，儿子回家，一回家就躲在房间里上网。我对他说，你回来做什么呢？上网哪儿都可以，杭州也是可以上网的吧。儿子起身走到厨房，拿了一袋金华酥饼来给我，说"爸我给你买了点酥饼让你吃"，我说你拿去给你爷爷吃吧。儿子全然不知我的牙是咬不动这种食物的。我曾对儿子说，你在外面，不要一天一个电话往家里打，男子汉要有自己的事业，要去创立自己的天地。爸爸现在也不需要你的照顾和安慰，你把你自己的事情做好就成。当爸爸老了，需要安慰的时候你多牵挂一些就可以了。话虽这样说，我却很少去看需要安慰的父亲。

中秋节，年长的人在盼儿回家，年轻人在匆匆回家。我只是抬头看看天，低头看看地。花花绿绿的中秋节，闻不到桂香。绿化带里的桂树也该有三四米的高度了吧，别说暗香盈袖，就走走去看看，也难得有米碎的小花开放。倒是秋虫和小鸟，在依然为下一季的到来担着心。

天凉好个秋！在我脑海中，我是一直把这句句子当成"天凉好过秋"的。每每在山中看见叶子红了，我眼前展现的便是那枯叶遍地的景象。是秋风无情，还是叶子太脆弱？我明白这原不过是自然现象，只是人凭借想象赋其意义而已。于是"秋色连波，波上寒烟翠"，于是"明月几时有，把酒问青天"。

明月应是时时有，只因不堪常常见。说到底，还是站的位置和视角的问题。再说到底，还是眼睛的问题。看见这个就是这个，看见红叶，你想它热烈，它就热烈着；你认为它是败落的前奏，那它就真的败落了。秋风一吹，便常奉花去了。这原本就是由不得自己选择的。

花花绿绿的中秋节，花花绿绿的世界，花花绿绿的心情。一棵种在原地的小树，云过时，便有一团一团的阴影从它的身上掠过。月亮依然会高挂天上，看得见的时候依然会看见，看不见的时候就当它与人捉了一回迷藏。

于是在早上起来以后，就敲了几个文字。突然发现自己已三天没有刮胡子了。

慰劳自己

刚刚送别了那个圆圆的月亮走进家门，天上就轰的响起了震雷。暴雨如注，下在了我必经的路边。

突然就想慰劳自己一下，下午就坐在了茶楼里，泡一杯绿茶，听凭雷声起，听任雨点狂。

傍晚的时候，还是雨不止雷不停。给山客打了个电话，让他过来送我一下。

没有回家，就先去了菜市场。菜市场就在家的楼下。

真该打理一下自己的心情了，有点零乱，有点伤感，有点烦。秋意尚未起，秋愁先上心头。

整个夏天，东来西去的没有静下来过，甚至几乎没有给刚刚高考完毕的儿子做过一顿饭菜。幸好儿子乖，学着自己做饭，总算没有饿着。有时候回家看到儿子吃剩的饭菜，忍不住心里有些酸酸的。

雨哗哗的，洗菜的自来水也哗哗的，心有些潮湿。

劳作总是很愉快的，我常常在烦闷的时候这样给自己创造着快乐。

晚上的菜谱是：清炒肉片、清蒸鲳鱼、水磨豆腐和香椿炒蛋。煲了一锅汤：火腿心排骨冬瓜汤。我总是那么喜欢吃肉和豆腐。在我的心中，猪肉再有害我也喜欢吃。我是个无肉不成餐的人。抬眼看看窗外的竹叶，一些叶尖已呈枯状。居有竹与食有肉并不矛盾，矛盾着的，只是竹与肉的属性。

　　站到阳台上听一会儿雨，雨幕忽近忽远。飘进阳台的雨丝飘过脸颊的时候，感觉很苍茫。闪电一道一道，雷声一阵一阵。吃饭的时候，给儿子背了几首毛主席的诗词，借机跟儿子谈了一些诸如人不能目光短浅、不能自私自利等问题。

　　水的形态让我想了很多。我想到了得到与失去、想到了生活与生命，我甚至还想到自己原本是一只飘摇着的风筝。

　　挣脱线是愉快的，结果却是悲惨的。当一只掉落在地上的风筝任凭日晒雨淋时，人们是看不见它曾在天上的辉煌的。

　　我不是风筝，我不是水，我不是竹，我不是肉。

　　我是什么？我长久地问自己。

　　我究竟是什么呢？我是人类的一个生命体。仔细一想，答案竟也如此简单。

　　雨，依依；风，萧萧。在夏日的晚上，风雨送出的是凉爽。雷依然响着，雷的那头有什么？一道闪电划亮了夜空，居然在风雨之中听到了爆竹的声响——想起来了，今天是鬼节呢。

　　我笑了，在这凄风苦雨之中！

贼星高照

一直以来，都不愿打这个"贼"字。找到"贼"字的五笔输入法，还是翻了《五笔字型速查字典》，像小学生学查字典一样的按部首将这个"贼"字的打法找了出来。以后，这个"贼"字的打法是不会忘记了。以前，虽有几次被贼偷的经历，但恨尚不至于咬牙切齿。每次看到路人在揍小偷时，看到小偷血流满身、泪流满面，声嘶力竭地求爷爷告奶奶般的可怜样，还会生出一些悲悯心来。从今夜开始，不再对小偷心怀悲悯了——如果再对小偷心怀悲悯，那是我的个人品质有问题！

以前读庄子，"鹪鹩巢于深林，不过一枝；偃鼠饮河，不过满腹"，总是颇多感慨，认为小偷不过偃鼠，不过是果腹而已。虽屡受小偷光顾，对小偷却并不愤怒到诛之的地步。还总为司法机关对盗窃罪的量刑畸轻而辩之：可能是因为对于国家来说，财富总量相等，小偷窃财，不过是财富的再分配。事实证明我是多么的愚蠢！

小偷算是敌我矛盾还是人民内部矛盾，我至今还没有搞清楚。但有一点是肯定的：所谓小偷的财富，一定不是正当渠道得来的。几年以前，小偷入室，将娘儿俩睡在一起的房间中的包明晃晃地拿了走。惊了娘，醒了儿。待贼走出家门，孩子他娘才跑到我的房间对我大叫"我的包被人偷走了"。连长裤也没有来得及穿，就追了出去。我的脚步哪有小偷快啊，追不上回家还对他们娘儿俩说：你们做得对，安全最重要。一来宽慰妻子失财之痛，二来也是想让孩子不要冒太大的险。还对他们说：如果明晃晃的手电光在你们脸上划过，你们一定紧闭着眼睛。不甘心又出去找，结果发现包就丢在离我家不远的路边。包里的现金自然是没有了，但银行卡和身份证件都在。还夸这小偷偷的侠义，补办银行卡和身份证毕竟要花很多时间。

这辈子，与贼打交道的次数也不能算少，如钱被偷，文被盗。钱财被偷事小，文章被窃事大。积多年生活之思考而闪出的火花，被侵犯了权利。偷财者，一定是贼；窃文章者，实在不忍以贼相称——毕竟是有些风雅的事情。于是乎，有一次，我找到了抄袭我文章只字不改的一个作者，在他们单位的办公室里，我对他说"谢谢你喜欢我的文章"。"喜欢"两字，内涵有些多，当代小偷，并非生活所迫，恐怕亦是因为喜欢钱财而窃。相对而言，窃比抢要文明。小偷做的是背靠背的事情，至少不伤人性命。

入秋以来，不断遭贼偷，以致心情都坏了。本来清秋季节，天高云淡，遍地金黄遍地红。摩托车被盗后，淡淡地苦笑，找到了地下室里尘封多年的儿子的一辆山地自行车。稍作修理后，当起了代步工具，还自我嘲解说：自行车在国外不是交通工具，是体育用品。前天傍晚专门去给它配了一把锁，昨天又将地下室好好整理了一下，为它腾出个栖息的地方。谁料想，傍晚的一场大雨创造了它离我而去的契机。约好与朋友一起晚餐，行至半路，天竟下起了铺天盖地的大雨，无奈将它停在路边的檐廊下。等晚上回家后，忽然想起了它，于是徒步过去，想请它回家，可是它竟走了。拿着崭新的钥匙，我竟不知是该笑还是该哭。这该死的小偷！

"贼"字现在我是已经打得非常顺畅了。一直不愿打的字现在不仅会打，而且还打得非常熟练了。电脑前，此刻映入我眼帘的是两把崭新的钥匙。贼的可恶不在于他窃了多少钱财，而在于他影响了旁人的正常生活。该打该诛，下次如果有贼被我遇见，我一定会将儒雅丢在一边，狠狠地踹他几脚。

"娘打格贼子。"我想起了我爷爷生气时骂人的口头禅。

对自己说的话

政协会议闭幕后，在政协办公室楼下，遇到了大佛寺方丈传实。正在为栖光寺的事寒暄间，王主席回办公室来了。看见我，走过来和我握了个手，说："我听说过你的事了，你要好好保养，吃得清淡一点。"心里暖了一下。传实法师问我怎么了，我说没有什么，只是血压有点高，又喜欢吃肉。传实法师说："高血压没有什么，我也有，我喜欢吃咸。以后多来寺院走走，菩萨会保佑你的。"

其实也没有什么的，前几天起床，忽然发现手指夹不住烟了；起来后头又痛得要命，走路时老是感觉软绵绵的没有力气；更要命的是感觉话都说不出来，说话的时候像醉酒了一样，口舌是团的。便心疑得了轻微脑血栓之类的心血管疾病。去医院查了一下，做了CT，医生告诉我，是颈椎压迫血管神经所致，只是嘱我注意休息。前段时间杂事多，睡眠也确实少。

我并不在乎生命的长度，但我希望我的生命有质量。既然医生嘱我早点休息，我便早早地休息了。效果是有的。大会开幕式那天起了个早，突然感觉到牙疼得要命。吃晚饭时所有食物都是吞咽下去的。于是去挂盐水。连续挂了三天，感觉好了许多。

去年检查身体时，低压（舒张压）进入了亚高（按医生的说法，低压90是接近高血压的临界点）。到了黄昏时，便会感觉头晕目眩。正准备弄点降压药片吃吃，朋友说最好不吃，高血压对药物有依赖性，平时注意锻炼调节一下即可。正好摩托车也被偷了，尽管有朋友给了一辆摩托车，平时也极少去骑它。油价下降费改税后，只加过一次油。平时主要就是步行。偶尔不适时，去做做颈部推拿。熬了好一阵子。情绪稳定时，就基本没有什么感觉。只是在情绪失衡时，眼皮重，会有缺氧的感觉。

很多朋友在关心着我的健康，于是我觉得我自己也应该健康。我对生命的长度没有要求，但我希望我能健康地活着。我没有远大的志向，也不打算对自己的生命长度做要求，但是我必须对父亲负责。我跟老父亲开玩笑说："我可能先你而去。"没想到老父亲竟然泪流满面地说："你总要把我送走掉啊！"我还必须对关心着我的朋友负责。所以，我必须将身体调养好。年轻时，体力透支实在太厉害。年纪大了，尝到了苦头。

以后有空，是要去寺庙走走。我不期望菩萨保佑，但我愿意向僧人学习"淡定"。禅是一门很深的学问。

茶楼读书偶感

吃完中饭，一个人去了茶楼。

要了一杯绿茶，找了一个靠窗的座位。

拿着一本书，一个中午就这样静静地过去了。

很久没有这种感觉了，没想到我还能如此恬然。

翻着书页，闻着书香，任思绪随文字流淌。

是不是铅华洗尽之后的回归呢？

抑或是一种新的开始？

但我深信，这一切与昨日有关。

承前启后。前有古人，后有来者。

那本叫《旧照片》的书让我意识到我不是孤立的个体。

我的头顶脚下，我的上下左右，都与天地日月相衔，都与人心道德有关。

有爱有恨，有君子有小人。君子之为在于坦荡，小人之为在于阴涩。

眼线相视，光径可接，则共鸣。

眼神相背，目不相接，就永无同识。

小偷遇物主，避则礼，眼神相接则凶。

接与拒，都非与生俱来。昨天就是最好的陪衬。

于是我坐在昨天的茶楼里，品味着今天。

初秋的今日，令我眼前一亮的，是一道崭新的风景。

和一条狗的十多个小时

一条狗，一条白色的京巴，我怀疑这是一条流浪狗。

当我确信这是一条流浪狗后，我就开始担忧起它的命运来。以至于从下午开始，我的思绪一直被这条狗牵动着。

中午出去吃中饭的时候，我看到楼梯口垃圾桶边上躺着一条白色的京巴，这类狗我一直以为是宠物狗，因为我注意到它的脖子上还有一截铁链。可能是遛狗的狗主人离开了一下，这只狗就一直安静地躺着晒太阳。"这只狗，真乖。"我思忖道。

吃完中饭回来，这狗还是老样子。我把摩托车停在它的身边，反身上了楼。

下午因为要去参加一个文学比赛的评奖，下楼开摩托车时，我看到这狗还是老样子躺着。这回我看仔细了：它的左眼基本上瞎了，本来白色的毛已经染上了尘土变灰了，背上的毛被剪过。再看它时，我从它的眼睛里读到了一种无助。

我反身上楼，从自家的菜碗里拿了一块猪肉，丢到它的眼前，它闻了闻，缓缓地抬头看了我一眼。我走到离它有四五米远的地方。它用鼻子闻了闻我刚才丢在它眼前的猪肉，又把肉扒得调了个位置，慢慢地吃了起来。这时候我开始怀疑这是一条流浪狗或者是一条被主人遗弃的宠物狗。

在途中，我给月白打了个电话，告诉她这件事，并且说，如果我傍晚回家它还在的话，我就收养它。电话那头，月白的声音有点无奈："要是你有足够的时间的话，收养它也好。"

　　下午的整个评奖过程我都心不在焉，一直牵挂着那只狗。

　　本来主办方准备好了晚餐，我因为放不下这条狗，又因为山客来了，所以决定回家做饭给山客吃——山客一直想品品我的厨艺。当我去帅哥店里接来山客到楼下的时候，却发现这条白色的狗还在，它一步也没挪过位置，也许是它腿有疾了。

　　到家我找了口碗，洗干净后，在碗里盛了点饭，浇了点菜汤，我将这碗饭放在了它面前，它吃得津津有味。晚饭做好以后，我去房间开窗看它，它正好躺在我房间外的地上，于是拿了块骨头顺着窗台扔了下去，骨头在它的背上砸了一下又弹出了米把路，这时候我看到它找到了那块骨头啃了起来，原来它的脚是可以走的。

　　天气有些转凉了，我想它可能会有些冷。哈巴狗一般是受惯了主人的宠爱的，要是往常，在它主人那里，恐怕早就被裹上了狗衣服了，而这条狗，却如此无助。

　　晚上跟一帮兄弟姐妹谈起这条狗，谈起这狗原本可能给主人带去过很多欢乐。可能因为它的一只眼瞎了，主人就遗弃了它，抑或是它挣脱了铁链逃出来寻找自己的天地。两种情况都可能导致它目前的境地。前一种，它在主人那儿失了宠。后一种，它并没有找到它理想的天堂。也许是它的毛色不够纯，体形不够漂亮，也许是它脾性不够好……也许，也许……太多的可能让我对这条狗充满了联想。

　　晚上回家时，时间已经过了0点。远远望去，一团白色还在老地方一动一动。走近看时，这条狗抬起了头，它活着！我装了点饭，用开水泡了泡，倒了菜汤拌了拌，端下去倒在原先的碗里。可能它饿极了，在黑夜里，我居然可以听见它舐食的声音。我给月白发了一条短信："狗还在，我的心在痛，我在给它准备吃的。"

没有接到月白的回复。也许月白已经睡着了，也许她的手机因为没电而关了，压根儿就没收到过我的短信。

想找点破旧的衣服让狗避避风寒，却发现没有可以扔掉的衣服。

这时候，我再次走向房间的窗台，看了一眼流浪狗：它依然在老地方。

明天起来的时候，它还会在吗？想找个人说说话，想到山客他们肯定早就进入梦乡了。

野　食

　　总是在忆苦思甜的时候尝尝野菜的味道，那似乎已经是很遥远的事了。糠裹饭，野菜汤，一提到便让我想起那万恶的旧社会，想到全身浮肿，想到皮包骨头。我读书时受到的就是如此这般的教育，于是便对野菜什么的充满了恐惧，至今亦然。偶尔吃点马兰头，也尝尝香椿叶。用马兰头筒春饼，是新昌人的一道特色点心，依我看来，这才是真正的特色。

　　虽然不喜欢野菜，但每年总有一些时候要烧几道野菜，比如马兰头，比如荠菜，再比如水芹菜。因为家人喜食野菜，便不得不做一些。通常是将野菜放在锅里焯熟了后，再去水切碎，辅之香干丁、笋丁、肉丁，为了让野菜的颜色好看一点，有时候还放点胡萝卜丁。旺火炒之，起锅可食。我做菜，一般不喜欢用调味品，因为在我看来，放了调味品就使菜真味尽失。我不大喜欢吃大酒店里的蔬菜，一个重要原因就是他们用了太多的调味品。我是顶多放点味精增加些菜的鲜度而已。

　　今人喜欢野菜的原因我不得而知，只是我发现，现在喜欢野菜的人越来越多了。

　　喜欢野菜的人，一般认为野菜是真正的无公害蔬菜，他们是从健康的角度去喜食野菜的。认为长在荒山野岭的野菜必无农药等的危害。然而他们忽略了现在的野菜正在渐渐地失去了野性。在农民的菜地里见到整片的马兰头已不是稀罕事。这实在是一种饮食习惯的改变，一种文化的变异。

很多年以前，我在无锡吃到了一盘猪蹄筋，心存疑问，一盘蹄筋得多少只猪呀？想想无锡人还真能吃。没想到后来饮食习惯变得让人瞠目结舌了：挂羊头卖狗肉原是形容刻意抬高某种东西的，从字面上解，羊头肯定要比狗肉值铜钿，但现在，狗肉的价钿就是要比羊头好！以前山珍海味是非常了不起的吃法，现在吃野菜是一种时髦。什么都是野的好了，直野得前几年爆发了什么非典，认定是一种野生动物惹的祸，人才稍稍地有了一点收敛，怕一不小心就得非典。

我一向认为，人是发现了火以后，才进入了人类文明的。我常常戏称那些喜欢生食的朋友为野兽。我是连醉虾都不吃的，总以为那样吃法稍显残忍了一点。所以生猛海鲜一类的馆子我从来没有去过，偶尔看到蛇段、青蛙什么的，我总是想起线虫。有一次跟一位大酒店的老总吃饭，上的菜大都是生食，弄得我胃里恶心痒痒的，忍不住对他说："你帮我去搞点猪肉来吃吃。"在我看来，猪肉可食，是经过祖祖辈辈验证的，吃多了亦无妨。

我有一个朋友，极喜欢吃野菜。可以用野菜烧出一桌菜来，而且什么都敢吃，到沃洲山的山洞里把结球的蝙蝠都用麻袋去套了来，一只一只地杀了吃。好几次看到他搞野菜宴，肉是什么野猪肉、野蛇肉，蔬菜是野池麻、野油麻等。后来这位朋友犯了痛风病，我去看他时戏言："你不痛风还让谁痛风呀？吃野货吃得还欠够，痛风了活该！"朋友笑答："哪怕再痛风我也还要吃野食！"那架势，大有不吃遍天下野味不罢休之意。

看来，吃野菜和野食是大趋势了。只是我不明白：我们的那些祖上，难道不明白野菜可食吗？为什么要把许多野菜当作药物呢？比方说鱼腥草。野菜应该是不能多食的，改改口味尝尝也未尝不可，但总不能常吃。即便马兰头，因为性寒，吃多了也要伤胃。当药吃的东西就是只能当作药吃，而不可以当菜吃。野生的蘑菇要比种养的值钱，也比种养的要鲜美，但野生的蘑菇是常常会吃死人的。

　　猫已不再努力地捕鼠，野菜也渐渐失去了野性。打野食、吃野菜亦应适可而止。

雅与俗

阳台上种了棵牡丹，夜泊山客见之，慨叹："大俗！"云："你所种之花草，或竹或兰，皆为大雅之物，唯独这牡丹是大俗之物。"说毕，竟摇头晃脑地诵起了周敦颐的《爱莲说》来……

山客乃性情中人，喜书法，读史书，对世事时有独到见解。虽年轻，思想却锐利，又肯学。我极喜欢这个比我年轻近乎两轮的毛头小伙子。他当过兵，开过坦克，又在北京待了年把，形形色色的人见了不少，应该算是见过世面的。每当郁闷时，见山客笑意，便觉忧烦顿消。在这样的忘年交往中，我形成了向年轻人学习的态度，让自己的心态变得年轻一点，努力让自己不至于老成残枝败叶。因此，关于山客对世态的见解，我是赞同的多。

这回，却轮到我不懂了！

因为我实在搞不清雅俗的分界线。一花一草，一枝一叶，皆饱含着世象。

我喜欢种竹，在小小的阳台上盘栽一棵，看竹叶在窗外随风而动，便觉得这竹清逸。虽然有叶公之嫌，但好竹是出了名的。连我那不谙世事的儿子，都会因竹来调侃我一下。"未曾出土便有节，纵使凌云仍虚心。""宁可食无肉，不可居无竹。"我是食要有肉、居要有竹的。从来不曾想过这是雅事还是俗事。

我种兰，却有附庸风雅之嫌。去年去书法家杨兄扶真府第，听杨兄介绍兰花品性，听得如坠云里雾里一般。在杨兄介绍一株名为铁骨素的兰花时，竟开口讨了起来。杨兄当时并未将铁骨素给我，只对我说"好的，我送你一盘"。今年春上，偶遇杨兄，他竟提起了这个话题："我把给你的铁骨素分好盘了，待花开时你过来拿。"原来杨兄是怕我不懂花道，养的兰不上花。果然，初秋时，杨兄打电话来，叫我去捧兰花。这铁骨素还清香四溢，在我的阳台上开了个把月。心想这该是雅事了。

晚上在QQ上遇到佛国凡尘兄，言语间忽提及雅俗二字。佛国凡尘兄在QQ上发过来的几个文字竟让我释怀，我甚至想得出佛国凡尘兄在QQ那头哈哈大笑的样子。他说："俗是地，雅是天，俺们是站在地上看天，真的坐飞机到天上的看地上的，也蛮可爱的，天上有什么好啊，无非是想坐飞机快点换个地方，找个不同的地儿罢了。于是从一个俗，到另一个俗。于是大雅者大俗，大俗者大雅。人啊，总离不开地，离不开俗，偶尔雅一下，就当坐飞机了。"

看了这段文字，这回是轮到我笑意写在脸上了。

"出淤泥而不染，濯清涟而不妖，中通外直，不蔓不枝，香远益清，亭亭净植，可远观而不可亵玩焉"，那是周敦颐的莲。我眼中的莲花是"根还系在水底的泥里，就以一尘不染贬低他人"。敦颐先生是多少有点爱屋及乌了。

竹就是竹，兰亦是兰，莲花还是那朵莲花，牡丹花开也烂漫。于是想到雅俗原本只是一念间的差别。雅中有俗，俗中含雅方好，比如莲花。

过年　拜年

正月初五的早晨4时23分，窗外天空里已经鸣起了爆竹声。我还枯坐在电脑前，打开了博客。我并不明白我想要写点什么，没有明确的思想要表达，也没有特别有意义的事件想记录。既然是过年的时间，那么就写点过年的事。

大年三十的晚上，是在父亲那里与父亲姐妹一起吃的年夜饭。下午开始当起了大厨。大部分的菜是父亲准备好了的，只需热一热。但按照惯例，除夕夜有几道祭祖的菜是必须要烧的，鸡、猪肉、豆腐干、油豆腐、鱼是不能少的，至少得八碗以上，还要注意荤素搭配。祭完祖，将方桌转个方向，将菜放在圆桌上，就开始吃年夜饭。今年的年夜饭吃得真没有气氛。两位姐姐一进父亲的家，便叫了外甥、外甥女进活动间玩劳碌头子去了。我不小心将饭做成了夹生的，难怪老父亲没有吃几粒饭。他们在吃饭的时候，我还在烧汤，所以也没有注意到饭是夹生的，直到我去吃饭，才看到饭没有烧熟。

年初一本来应该上小舅舅家去拜年的。我跟父亲说我不过去了，因为我起不来。父亲也深知我爱睡懒觉，同意我不去小舅舅家。我让父亲带了个大的礼花过去。中午和晚上都在父亲那里吃饭。初一的晚上还陪父亲打了半宿的麻将。大姐和小妹像过去一样当什么事也没有发生过，二姐却没有叫我一声，宛若路人。还有在浙江大学上学的外甥女，也没有叫过我一声舅舅。倒是二姐夫大庆，见我烧菜有点辛苦，每次来都帮我一下。

新昌城关镇有这样一种风俗——拜年。所谓拜年就是要到没了长辈的亲属家里去祭拜一下，带烛和香以及爆竹。要连拜三年，第一年为正月初一、第二年为正月初二、第三年为正月初三。今年刚好是母亲过世的第三年，几个女儿及女婿都要来拜年。初三上午10点，我还在睡梦中，父亲就打了电话过来，称小妹及妹夫已经到了。起来后去菜市场买了点海鲜和排骨——今年的正月里，菜价居然上涨的幅度不大，可见过年的气氛在减少。

初四又是父亲打电话过来让我去吃中饭，这次的原因却是菜太多了，他一个人吃不掉，所以让我一起过去吃。去父亲家时，父亲已经跟几个老伙伴一起在打麻将了。我烧了点泡饭，吃完后坐在父亲的阳台上晒了一个小时的太阳。出来遛一圈后下午4点又去帮父亲烧饭。

看得出来，父亲对今年的过年还是比较满意的。

拜的第一个年，姐妹哭天哭地；

拜的第二个年，姐妹神色庄重；

第三次拜年，姐妹都嘻嘻哈哈了，连父亲也不再有感觉。坐在母亲的遗像前打麻将，连香不燃了都没有人照应。我的心情也不再沉重，只是看见母亲的遗像，心中酸酸的，有说不出来的感觉，再看压在写字台台板玻璃下的全家福，发现我也步入了母亲当时的年龄。难怪照片上的我们都很年轻。

年是平平淡淡地过去了，拜年的机会也越来越多起来了。今年听说是小姑夫的七十大寿，父亲要过去看看。我让父亲带了几张联华的购物卡去，表示一下晚辈的心意。脚是越来越迈不开步了。

南北
NAN BEI

茶事悠悠

喝了一辈子的茶，认真想为茶写点文章，今天还是第一次。以前林林总总地写过一些与茶有关的只言片语，实际上离真正的茶事还是有些距离的。

叶欣从云南弄了两个普洱茶饼过来。对普洱茶，我一直心存敬畏。记着与普洱有关的事是鲁迅先生喝过的普洱被发现，并以天价被人拍走，但心想这普洱是弥足珍贵的茶种。后来渐渐地认识了这种最先是马帮发明的茶，极偶尔时还在朋友那里啜上几口。感觉入口略为有点涩，但很润。暑假时，涛兄的夫人来，言谈之中得知弟妹亦好茶，又对美容有爱好，于是便说请她去茶楼喝普洱。后来弟妹回到奉化去教她的学生去了，便觉得欠着她点什么。后来她又叫涛兄带他们那里的海产品给我，更觉得应该回赠一点什么东西。想来想去，还是普洱。叶欣在云南那边有要好的朋友，便叫叶欣给我搞点普洱过来。虽然不多，但至少可以用诚信来了却一桩心愿。

我饮茶是有些历史的，现在是起床第一件事必泡茶。未进茶前决不进食。一天下来如果不喝茶，便会头昏脑涨，到晚上脑子必痛得如炸开一般难受。喜欢茶也可能得益于父母的言传身教。我父母都不善酒，却好茶。小时候每每见双亲的茶杯沾上一层厚厚的茶垢，便认为这茶一定是好东西。十九岁被分配进一个机械厂里做机床操作工，上班将机床开好预热后，必定先泡好一搪瓷

125

杯的茶，放在车头箱上，充充老师傅。有一吕姓朋友，应该算是我此生茶事中的第一位茶友了。他喜欢喝浓茶，泡的茶，必有半缸以上的茶叶，我也如法效之。那时对茶的感觉是苦，但能解渴。喝的茶也是珠茶。偶尔见有龙井茶，还懒得喝，总认为珠茶味浓，是真正的饮茶人的茶叶。到后来是越来越喜欢茶，品茶成了人生中不可缺少的一种需要。虽然茶越饮越淡，但喜欢的程度却是越来越浓。也不知是从何时开始喜欢上龙井茶的（现在的统一品牌叫大佛龙井），茶本来是有佛缘的，妙喜寺好像也是茶僧创立的。

慢慢地对茶的要求越来越苛刻，现在即便上茶楼，我也偶尔带上自己的茶去喝。茶楼里，能品到的好茶也确实不多，虽然有些茶价格吓人，但喝起来，有些名不符实。慢慢地，我喜茶便在朋友堆里传了开来。每当新茶上市，不论价格多高，总会有朋友为我弄点来让我尝尝新。而于龙井茶来说，新是非常重要的。

因为喜欢茶，对茶便有了一些心得。比如茶叶汤色、茶汁的持久、茶叶的产地、泡茶的水温等也讲究了不少。有一年，上海市作协一干人来我们这里购买他们的办公用茶，茶叶公司请客吃的饭，我去作陪。席间，我天花乱坠地谈茶，谈得时任上海市作协办公室主任的温国光先生当场拿起了纸笔。其实也不是我粗于茶的研究，所谈的不过也是生平品茶的点滴。茶喝多了，对茶的品性优劣自然就了解了许多。我极不喜欢喝明前茶，所谓的明前茶，不过是大棚的产物，属于揠苗助长一类。茶农为了赶早让新茶上市，用大棚罩，用生长素施，全然失却了茶的真味。我理解的茶，是聚天地精气，集日月之精华的那种。

朋友交往多了，品到的茶的品种就自然多了。君山银针、黄山毛尖、碧螺春等名品我是时不时会拥有一些的。茶种也杂，偶尔喝喝铁观音也是近几年的事情。一位在福建部队里待过的朋友，让我学会了喝铁观音，认识了观音王。我也喜欢铁观音的醇香，但我不喜欢铁观音的讲究。说到底，我喝茶还是没有上品，尚处在"牛饮"一族中。

今晚是品了普洱再品银针，喝了龙井再进茶楼。茶，竟连起了人间诸多的情感。

泡　饭

连续吃了好几天的泡饭，这种泡饭不是菜泡饭。在大锅里烧的饭，一定有锅焦（现在洋气的叫法称锅巴）。印象中小时候吃到的泡饭是用米汤做的。奶奶做饭的时候，总是把上一餐余下来的饭放在锅底，把米撒在陶锅的四周，中间留出一个位置，盛上水后放置在中间。待饭熟、起锅时，一碗饭汤就可以端出来了。汤色白而黏稠。有时候饭烧得越软，这饭汤就越发稠，在饭汤里边加点白糖，真是好得不得了的饮品。入口便满嘴生津。只是在极偶尔的时候，奶奶会让我们吃一下这种饭汤。更多的时候，饭汤是用来做泡饭的。等饭起得差不多，陶锅里只余锅焦，倒入饭汤，等锅焦软化，起锅吃，也润喉。有时候，锅焦多，饭汤不够，就加点水烧一下。

泡饭让我想起了很多东西。

我上中学的时候，早餐吃的几乎都是水泡饭。水泡饭不同于锅焦泡饭，也没有锅焦泡饭那么多的讲究。水泡饭的做法极其简单：将冷饭倒入锅中，烧开即成。下饭菜通常是咸菜。如果有油条下水泡饭，是难得的美味。那年头，粮食是定量供应的，人们把粮票看得比钞票还重要。粮食能省着吃就省着吃。到公家开的饮服公司饭店里去买面食，都是要用粮票的。没有粮票，钱再多也买不到粮食。所以我爷爷从小给我的教育就是：饭粒掉在地上要捡起来吃掉。他给我讲的故事就是：一粒饭，在老天菩萨眼里，有团匾一样大。如果你浪费了粮食，要天打的。每每有饭粒落入桌逢，爷爷总是将它拍出来，用手指粘来送进嘴里。"万般皆下品，唯有读书高"是从两个秀才拍桌子缝里饭粒的故事中得知的。除了极偶尔的大饼、油条、豆浆，我应该是吃着水泡饭长大的。

外婆在我们家里的时候，我妈总是要我给外婆做泡饭，这种泡饭既不同于锅焦泡饭，也不同于水泡饭。外婆住在我们家的时候，年纪差不多也有八十了，嘴里已经没有半颗牙。她对饭的要求是糊。我因为有些耐心，所以做这个泡饭的任务总是落在我的头上。在锅里放适量的饭，加少量的水烧，等饭快成颗料里，用锅铲底将饭压糊。土话叫作瓦（碾）泡饭。反复数次，泡饭就瓦（碾）成了。在瓦（碾）的过程中，加入些许盐和猪油更香。这种瓦（碾）出来的泡饭，有点像米糊，但又保持着饭香，近似于流汁。所以年长而又肠胃功能不好的人特别喜欢吃。我妈在住医院的时候，就常常要吃我瓦（碾）起来的泡饭。有时候没有冷饭，我就特意将饭烧熟后重新依样而瓦（碾）。看到母亲满意地用舌舔唇，我心中便会生出一种满足感来。

这些天来，我发觉自己也爱吃这种瓦（碾）起来的泡饭了。常常是站在灶头边瓦泡饭，边想些零零杂杂的心事。常常想起逝去了的爷爷、奶奶、外婆和我那老娘。

涛 哥

当一行人走出凯迪歌厅时，发现离别已无可挽回地到来了。街灯昏暗，连空气也弥漫着这种分离的气息。

涛哥要走了，他要回宁波创业了。新的公司商号已经注册。为了表示对三十六湾论坛的怀念，他将他的公司名注册为"云涛制衣有限公司"，取其网名"风抚云涛"中的后两个字。当我在论坛上看到涛哥的告别帖时，心也同样变得酸酸的。这是一种很复杂的情感。我在他的帖子后面跟了一句话："涛兄，无论你身在何处，我们依然期待着有'和你一起走过的日子'！好男儿志在四方，今天的分离是为了明天的重逢。"

话虽这样说，心里却浮起了与"风抚云涛"相处的点点滴滴。

已经记不得是在什么样的场合中认识他了，抑或某次活动中，或者在某个酒店里。他挺有特点，是那种让人过目不忘的人。初次见面，并没有留下太好的印象，是他挂在脖子上那根很粗的金项链使我产生了"这是个暴发户"的感觉。也是因为这根金项链，后来让我真切地感受到了人不可貌相的道理。

一次我们去八寺山茶山采风，同行的国学大师曲教授要为茶场留点墨宝，让我写首诗。诗的内容我已经忘记了，但我记得我的诗中有"风抚云涛"这几个字。活动照片上传后，"风抚云涛"好像跟过一个帖子，引起了我的注意。再后来，因为活动，便渐渐地有了一些接触。知道了他是奉化人，每周末一般总是准时返奉化与家人团聚。他在新昌与朋友一起开了一家公司,恰巧那家公司的另一个投资者也是我的朋友,于是与涛哥的交往也渐渐多了起来。

在我的印象中,涛哥是个怀抱流浪情结的人。他先在宁波发展,担任着一家公司的副总,后来又跑到舟山去办厂。来新昌后,他手下的一个员工为他在论坛里注册了一个名字,让他有空的时候来泡泡论坛。他真的来了,网上发发帖,网下交交朋友,用他的行动赢得了大家的尊敬。他总是在寻找,寻找一种能与他精神领地高度吻合的精神归宿。与涛哥接触后,发现涛哥其实是个很含蓄的人。在我心中,他不再是一个"暴发户",而是一个新颖的、与时俱进的企业家。

他是个乐观向上的人,充满了幽默感。与人相处的技巧里,这是一种机智。这种机智决定了他肯定会与人友好相处。他又是个细心的人,于是男男女女、老老少少都喜欢跟他交流交往。在生意场上,细节决定成败。在与朋友交往的过程中,细节也同样很重要。他是个仁厚的大哥,又是个懂礼数的小弟。他粗犷的外表下,包裹着的是一颗追求完美的心。尽管他担任着总经理、开着私家车,但大家乐意叫他涛哥。尽管我比他年长许多,但我也跟大家一起,乐呵呵地叫他涛哥。学他的奉化腔。

跟涛哥一起钓过鱼,跟涛哥一起喝过茶,也跟涛哥一起研究过厨艺。从涛哥身上,我学到了很多东西。我学会了烧海鲜、吃海鲜,学会了煲汤喝,学会了自己给自己的精神世界留一方快乐。

跟朋友相处是一种缘。投缘的人,才会常在一起,"从来不需要想起,永远也不会忘记"。于是,就有歌厅里许多大老爷儿们为涛哥饯行时唱的歌:《朋友》《与往事干杯》《把根留住》《你怎么舍得我难过》《驿动的心》……于是,酒量很好的涛哥才会豪气冲天地喝上十三瓶啤酒。我从那些朋友的身上,同样看到了对涛哥离开新昌的不舍。一个很适宜做朋友的人，告别这个圈子的时刻，他的心是沉重的。我知道涛哥的笑容后面，流露着的同样是对第二故乡新昌的不舍。用他的话来说：在新昌的三年里，他对新昌结下了不解的情缘。涛哥说会常来新昌看看的。

那么涛哥，就期待着你常来新昌看看。我还要跟你研讨厨艺，还要跟你一起去钓野鲫鱼呢。何况这里，有曾跟你朝夕相处的朋友，有你关心鼓励过的兄弟。

（在涛哥还没有离开新昌的时候，我写下上面的文字，是为了不能忘却的纪念。）

送别俞心樵

　　临近中午，文辉打电话给我，约我到秀水桥边的一个小酒馆里吃中饭。秀水桥，是一个挺诗意的地名。这是我所知道的新昌取得最好的地名之一，我父亲也住在那里。那个小饭馆是我的一个小学同桌开的，熟门熟路一找就找到了。

　　俞心樵已坐在位置上。我以为他已经走了，可是他还在。那天在茶馆对话以后，我到网上搜索了一下他的名字，居然发现这位仁兄已经名声很大了。很多人称他为"伟大的思想家、伟大的诗人"。在我过去的印象中，俞心樵是个会思考的人，常常在一些大学里传播诗歌。可是我现在发现，心樵对人类、对现实的思索更甚。原先我是单纯地将心樵作为诗人来看的，间或听到他在进行油画创作，我认为这是心樵在进行着两种不同艺术形式的实验，并试图找出它们当中的共同点来。见我落座，饭馆老板拿了一壶自酿的新酒过来。文辉在张罗着菜，我要了一杯绿茶。稍后，一位叫孔小尼的诗人也来了。早听说过孔小尼诗写得不错，但一直无缘相见。现在他在纪委工作。

　　坐定，寒暄后，几位便谈起了诗。关于这些话题，常常是文辉先提起的。其间孔小尼问俞心樵，诗是不是应该承载或担当一些东西。俞心樵的回答是，我的回答也是是。文以载道都提了这么些年了。我提起国内的诗歌现在有唯美主义的倾向，心樵很激动，立时就变得滔滔不绝起来。他晃了晃手中的香烟："表面上看，这是一支香烟。如果把这支香烟比作诗歌的话，我们应该看到香烟里包含的信息量。比如泥土的信息，比如烟叶的信息，比如纸的信息。它还与一切信仰有关，如果被一个有信仰的人吸了，它就是有信仰的。"我悟到人类的一切活动都是与自然有关联的。我们的思维应该更拓展一些。俞心樵的这个说法是对的：有些东西，我们不能刻意去回避，越回避，它越会找上你。艺术不是一种孤立的存在形态，它与世界上的一切事物有关联。再谈到诗歌的载道，俞心樵说中国缺少大师。他说大师应该是一棵大树，它是包容的。大树之所以成为大树，是因为它不回避肮脏。它既可以从非常干净的地方汲取养分，它也可以从很肮脏的地方吸收肥料。而温室中的奇花异草却不是这样。举例说海子，海子不敢面对苦难，所以卧轨，所以海子也只能是奇花异草而成不了大树，成不了大师。

文辉说蒋立波将诗歌作为祈祷，是不是合理。我认为诗歌应该包含着这种成分，祈祷是一种手段，是一种在现实与理想之间传递的工具。生活包含着两种层面，一种是精神的，一种是物质的。我们既不能在对物质的满足中让思想进入一种惰性的状态，我们也不应该让思想面对精神的匮乏去简单地追求一种对物质的满足。

说到这里时，蒋立波来了。立波跟孔小尼、文辉和心樵都很熟。应该说，他们的诗歌和诗歌观是在相互影响着的。可惜，我不被人称作诗人已经好多年了。俞心樵对我说："方勇，你真的是太懒惰了。"我说我天分不够，杂事亦多，无法进入很纯粹的一种诗歌创作状态。他说他最近在一个网站里发表了一篇文章，让我去看看。可惜我现在已经记不得这篇文章的题目了。

孔小尼是吉林人，曾跟着韩东他们一起做过诗歌研究，他谈到了圈子里的诗歌和诗歌的圈子，也谈了一些他对诗歌的理解和对诗歌的认识。最后孔小尼说他的真名叫孔庆丰，我说我立马就想到了《金光大道》《艳阳天》。走出小餐馆的门口，孔小尼说："俞老师希望我们下次喝相同的酒。"俞心樵说："我酒量大得很呢，只不过我现在已经不喜欢喝酒了。"

立波开车送我到东门大转盘，心樵坐在前排。下车的时候，我跟孔小尼、文辉一一握手道别。当我的手握住心樵的手的时候，我感觉到心樵用了用力，这力中一定有不舍的成分。因为当我挥手向他们告别，车子缓缓起动时，透过玻璃，我发现心樵的眼神一直没有离开过我。我感到了离别的凝重，心樵此一去，不知何日重见了。

回到家里，我打开了心樵送给我的诗集，发现心樵签的是"方勇兄雅正"。我看到了心樵张狂背后的谦逊，也看到了诗歌背后的无奈。

七夕之日的流水账

　　记不得有多少日子没有像今天这样早起过了。是儿子把我给推醒的，因为我昨天晚上说过要起早。为了能让自己起来，我上了三道保险：让石三夫早点把我叫醒，让孙伟飞开车过来接我，临睡前还跟儿子打了招呼。起来的原因不是为了七夕。说实话，对"中国的情人节"这个提法我有点接受不了。牛郎织女借鹊搭桥相会，我觉得苦涩得很。三百六十五个日子，仅一天相会，太短。人生本来苦短，连有情人相见相聚都那么难，我是喜庆不起来的。相聚相见时，没有把悲伤的眼泪落下来，已经是莫大的幸事了。

　　明陆的母亲去世了，今天是安葬的日子。选今天为吉日，择7时至9时为良辰。按明陆的说法是特为拣在七巧之期让母亲与父亲相聚。这是一种人性化，也寄托了儿女的一片情意。明陆母亲走得不突然，早些天聚在一起的时候，他还说起过他母亲的病情。心里有准备，表面的悲伤也会少一点。只是前次我们去凭吊的时候，发现明陆有点憔悴。他说母亲是在他们姐妹四个托头的托头、扶身的扶身、捂腿的捂腿的情况下回到老家的，最后咽气时，他们兄妹几个都在场，稍可宽慰。

　　我辈的母亲都有些岁数了。先是我母亲，然后是徐海的母亲，再是三夫的娘，然后是学进兄的母亲，接下去是丁国祥的妈，都归去了。几天前还去了趟江村凭吊老头的老外婆。朋友圈里的长辈一个接一个地去世了，在感叹生命脆弱的同时我们也在感叹着自己的老去。所幸的是，二十几年的老朋友们平素联系虽少，遇事还能一下子集齐。应验古人对朋友的要求"人生有一二知己，三五好友足矣"的话了。

实在是因为花圈太多，怕到时候没有人扛花圈，我们几个朋友才决定去送明陆母亲的。

6点零5分三夫打电话来时，我已起来上网了，在论坛里灌了几个水帖。与孙伟飞一起去来必堡买了早点在车上吃。好大的雨，能见度极低。超过六十码便看不清道路。岩林与三夫等开车等在城东大桥头了。王吉因为儿子今天入学考试，不去了。相比之下，死人总没活人重要一些。况且入学事关以后的学业，当认真一点。赶往城东大桥与三夫会合后仍未见老头驾车前来。估计也在路上了。等三辆车六个人到达吴家（现在已更名为祝家庄了）时，远远地便听见了锣声与鞭炮声。果真来迟了。

于是在村口等队伍过来。果真看到有人手拿两个花圈，分担了一些，便前往墓地。

不知道乡里还有吃转丧饭的习俗。8点50分，明陆家已经准备好了饭菜。本不想吃，但风俗如此。只好入座。笑言既已知，便只好吃。吃了点豆腐吃了点硬饭。

一直到现在，没有进食，发现肚子确实有点饿了。其间断断续续地收到过几个关于七夕的手机短信。

又见传法

　　与传法师父失去联系已经有N个年头了，相处虽有不快，但心中还是常常念及。

　　临海三峰寺住持、象山灵佑禅寺住持释式清是我的旧交。当年在新昌大佛寺时有过几面之缘，式清师父后来去厦门进修佛学，离开大佛寺时，托家母带了一套《大佛顶首楞严经讲义》给我，心中也一直惦念。

　　22日中午忽然接到一个电话，称传法师父在石城大酒店，约我过去一聚，于是打了的去。联系之后，方知他们已去东门接我，于是坐在石城的大堂里等候。遇有新昌茶叶三剑客之一的唐训芳，唐知我喜茶，在吧台为我要了一杯四明山茶，此茶品质极佳，有银针状。茶还未品，却见式清大步跨进了大门。于是我便迎了上去。问式清师父，方知传法师父尚在房中，并未出行——那一刻心中还嗔式清师父不在电话里告诉我一下。

　　传法师父坐在房中的单人沙发上闭目养神。我叫了一声"屠老师"，未料传法师父睁眼应道："屠没了，只有传法。"气度也有些不一样了。感觉传法心情变得淡泊了。闲谈之余，传法师父从他的随身行李中取出了几本书：《传法和尚画传》《僧人传法扇面画集》，并在上面题了"方勇老友正　佛缘　僧人传法赠　二〇〇七年四月"字样，然后介绍了他离开新昌后的一些情况：2001年9月我帮他办了出家后的第一个报恩画展，随后他离开了新昌大佛寺；在2003年投师上海真如古寺方丈、上海市佛教协会副会长妙灵大师；2004年传法在四上五台山，8月在五台山国际佛教文化艺术节上举办出家后的第二次画展；2004年在安徽太湖赵朴初故乡举办出家后第三次个人画展，并出版《传法报恩画集》；2004年在周恩来故居淮安市博物馆举办第四次个人画展；2004年11月，赴马来西亚，在新古毛狱山观音寺受三坛大戒，受戒时拜新加坡天竺山毗卢寺方丈慧雄大和尚为师；2005年任上海大愿精舍住持。

分别以后的大体走向就是这样，听说还出了八次国去东南亚等地举办画展、交流。他拿出了几本影集，其中有新昌《报恩画展》的一些场景，我惊异地发现民我跟悟道大和尚的几张合影。我的影集里我跟悟道法师的合影是在他的内室拍的，光线很暗。但在传法的影集里，我跟悟道法师的合影有好几张。另外还有传法在各地的画展剪影。

一起在石城大酒店吃了晚餐。式清师父吩咐厨房素菜要用色拉油烧，不要放葱韭大蒜，传法师父则说要烧几道荤菜来让我吃。席间式清师父谈起，他是不能吃荤菜的：我从十三岁开始吃素，肠胃适应不了荤菜了，闻到荤菜的味道要整个人不舒服。我想这大概也是习惯问题吧。我跟式清师父说，我还很喜欢吃肉，所以我暂时还不能当和尚。我曾戏言要拜式清师父为师，只是现在老父尚在，尘缘未了。式清师父说你有慧根，应该为佛教事业做点事。而传法师父只是慢慢地品着玉米汁，并不多言。停下来时，我看见他双眼微闭，似乎若有所思。这与先前我认识的传法是大大地变了一个样了——或许这就是一种觉悟。

我说传法师父你走了也不跟我告别一下，也不知你去哪儿了，传法师父说："这样好，有缘相聚，无缘见也无益。"想想也极是，人本似叶，被风吹到哪儿都不能预计。

因晚上有事，没有再去两位住持的房间。临行，式清师父送了我两只玛瑙佛珠，言一只是送给我父亲的。后来又拿了一大包贡品瓜子让我带回来。

父亲的佛珠我是送过去了，式清与传法又不知在何处。世事就是这般反复无常！

为母校百年华诞写的几个文字

我想给母校送一份生日礼物，母校却先伸出了她沧桑的手臂。

这是一种感应，一种心灵的击拓的骚动和抚慰的承接。

精神的高地宁静着，我看见一抹从未有过的安然和空静。

迎着未来的方向，我们走去……

真有许多话要说，但母校无言。

在粉笔和黑板的更替之中，母校的百岁华诞很从容地向我们走来。

我们和母校一起，一次次追随浪花的荡激；

我们和母校一起，一次次跨越密布的栅栏。

我们领悟着知识的博大和中华文明的高扬。

一张张旧照片，从清朝走来，从民国走来，从共和国走来……我们看到的，是中华的灿烂文化。

母校在勇敢与怯弱的一步之中，走出了自己的风格。

我总觉得，实验小学还在什么地方久久地等着我。

是清朝的私塾，还是被分成三个区域的教室？

是小操场里篮球架，还是旧式的大会堂？

是在《东方红》的乐曲声中校名与旋律同步，还是曾被夜色淹没的心之月台？

都已经记不清了。

我只知道，实验小学在接纳学子时，很多人的目光不敢正视——知识的目光灼灼，让无知的夜抬不起头。

我已经看到，雾霭散去之后，教育的断层成为一种传说。

在朦胧与悬念之中，支撑和依靠的，是一代代的老师。

当一幢幢大楼崛起、当一个个新老师走上讲台、当一个世纪的神话在实验小学里回响，桃李芬芳着的，是一颗颗感恩的心。

1908的脚步，踏着岁月，踩着时间，融着智慧。

2007的脚印，深深浅浅。

这脚步不曾中止，脚印会无限延伸。我想给母校献一份礼物，母校却把温暖的怀抱给了我。

关于老屋

　　一直搞不清楚故乡与老家的概念，所以对爷爷留下的旧宅，我一直不敢称老家。

　　我只叫它"老屋"，叫它"老屋"应该是不错的，哪怕叫"我的老屋"，表达也是准确的，毕竟那里还流淌着我幼年时的气息。

　　老屋在大明市一个叫蟠龙山的小村子里。从谷歌地图上搜索蟠龙山，有一个特别明显的标记，乡村公路呈S形弯道，很急。如果开车，遇上这样的路，一直朝高处开，上了岭就是这个小村子了。

　　这个村子应该没有什么历史积淀，我估计建村的时间也不过百年，村子里面零散地住着一些人家，在我幼年的印象中，最集中的村居也不会超过十户。叫法也很直接明了，张家、陈家，还有老张家、新张家。村子里的地名也基本上是这样命名的：前门山、后门山、大古坟山、小古坟山。不过有一个称呼还是蛮有诗情画意的：燕窝山。小时候，跟爷爷在燕窝山里转悠，却从来没有见过燕窝，倒是常见梁间燕子将窝巢筑在老屋里。

　　"不借你盐，不借你油，屋借我住住"，奶奶这样给我解读燕子的呢喃，说这是燕子在说话。后来读《红楼梦》里"梁间燕子太无情"，总觉得林黛玉对燕子的描述不够人性化。

　　我不知道我爷爷为什么把房子建在这个位置。现在我常常想起一个词组来形容：离群索居。那个前无房，后见不到居，左没有人家，右没有邻舍的地方，现在成了我每星期必到的地方。远眺群山，见浮云时缓时急。近观脚下，有蚂蚁自在穿行。坐在道地上，春看小草破土，夏拂山风过身，秋听蝉声从容，冬抚暖阳融融。偶尔有兴趣，去不远处池塘里钓风、钓雨，自是别有一番滋味在心头。

那一日，道于站在道地里观前后左右，忽然对我说："按山势，这周边必有一庙宇。"道于是研究佛学、道教的，诗、书、画多有小成，对国学颇有心得。听此言，我记起小时候在我的老屋后面，确有一残墙基，听爷爷说是庙。我在跟爷爷奶奶生活的时候，正逢大破"四旧"，所以我没有见过这庙里的菩萨，不知道这是一个什么庙。看来，智者是很容易达成共识的。

老屋现在孤零零地立在蟠龙山，一如我的风烛残年。

门前的景色，到处都有，我独钟爱这里，那是因为有我的老屋在这里。很多朋友来这里，也是因为有我的老屋在这里的缘故吧。

老屋里面，我新添了土灶头，时不时地去烧烧大锅饭。门前种上点青菜，只为调节心情。

很多新朋旧友，为我的老屋写了诗文，最先是蒋立波，而后是张文辉，摄影堪称高手的杨富明也为我的老屋写了诗。他们的文字，促成我有了写一个蟠龙山系列的想法。因为在蟠龙山来来去去的日子里，我感觉确实有一些东西需要表达。

事关民俗，事关风情。一滴水见太阳。

老屋渐渐地老去了。板壁被风雨侵蚀，柱脚被白蚁啃食。楼板也因为漏水，很多块霉了。屋后的泥墙，倒塌了部分。

现在的居处，已没有半点个性，但老屋有它独特的面孔。这是我，也是我们所需要的。虽然板壁和后方的泥墙已被冰冷的水泥砖替代，但我还是保留了很多爷爷留下来的元素。我将杨富明的摄影作品率先搬入了老屋，张贴在堂前的墙壁上，我希望文艺的元素会在我的老屋里窃窃私语。

老屋是不能倒塌的，不单因为老屋是祖业，更重要的是，我强烈地意识到那是我的某一种精神象征。

松鼠与庄稼

　　面对这情景，你们还会说松鼠可爱吗？玉米只余下半截，西瓜被啃得基本不见瓤。几天风雨后，去看地里的庄稼，心里咯噔了一下。

　　是那些曾经以为可爱的松鼠留下的印记。山里多松树，因而也多松鼠。寻常时间，看松鼠在树上树下蹦来跳去，身手敏捷，也不失为一桩乐事。

　　松鼠这个东西，外形极是可爱，技能又高，但我是深受其害。三间老式的泥墙屋，屋顶盖的是小瓦，自然就会有些缝隙。诗人蒋立波在写蟠龙山居的时候，说阳光从瓦的缝隙里漏进来，说的就是这景象。因为有缝隙，自然也给了松鼠可乘之机。翻瓦入屋似乎是冬天里松鼠常用的把戏。

　　有一年在山居包了粽子。那时我还没有养猫，老鼠很多。生怕粽子被老鼠拖走，就将弄好的粽子悬挂在楼板下的格栅上。谁知过了几天，格栅上只留下几根绳子和几张粽箬，满地的饭粒洒在地上，那情形真是惨不忍睹。不仅偷食食物，还将屋顶的瓦翻开。冬天的雨水滴滴答答地进入屋内的滋味很不好受。于是买了几个笼子。是那种旧式的老鼠糨。在里面放些坚果，用铅丝扎住。那年，我一共糨到了十来只松鼠。有时候有朋友同去，看到笼里糨到的松鼠，会拿走给小孩玩。有时候，几天不上去，笼里的松鼠会饿死。我无一例外地发现：被糨到笼里的松鼠，都是把笼里的坚果吃完后才死去的。我不知道它们是死于饥还是死于渴。

我其实是养过松鼠的，那松鼠还会停在我的肩上。与我一起去菜市场买菜而不逃走。我将它放在阳台的笼子里，每天喂它吃坚果、小核桃呀啥的。那时我还不知道松鼠其实是啥都吃的，桃子、苹果……但有一天，它还是逃走了，是在我以为养熟了不再关它入笼的晚上逃走的。几个月后，有一只松鼠上过我的阳台，见到我飞快地逃掉，我一直以为这就是我养的那只松鼠回来看我了。是不是我自作多情了一把，我至今也无法分辨。

养松鼠，种庄稼。恨松鼠，怜庄稼。这个中的滋味，还真说不清楚。立场与角度，我想这就是最好的解释了。想起了鲁迅先生的"煤油大王哪会知道北京捡煤渣老婆子身受的酸辛"，于是又释然。

黄山虽美，九寨有灵，毕竟不是住人的地方。

踩腌菜

很多年不做腌菜了。因为家离菜市场近，如果做个汤，先点火再买汤料也来得及，所以一直就没有自己动手。脑子中总有一个固执的念头：腌菜是为了储备，为了没菜的时候可以在饭桌上有菜。

可是今天又踩了一次腌菜。缘起于前几天的一个晚上，凌晨时分，看完论坛版面里的文章和有关帖子。觉得肚子有点饿，起身烧榨面吃的时候，却突然发现冰箱里没有适合做米面的菜了。天冷，跑到街上去吃点心又有些不忍。更缘起于一次在买来的腌菜中发现了菜虫。

妻子买来了一些九心菜，摊在阳台上。晚上因为有应酬，出门之前打了个电话给妻。妻在电话里告诉我，说准备晚上腌菜。我对她说了一句戏言：你发昏啊，女人的脚是不能踩腌菜的。

回到家里，已是深夜。却发现洗好的九心菜整整齐齐地码在一个新买的塑料面盆里。

既然如此，只好行动了。以前曾腌过腌菜的容器，已经发黑。那三块当初我花了很多力气从溪里捡来的腌菜石头也黑得发亮了。

当然得先打理个人卫生。把一双脚放在热水里泡了十来分钟，还认认真真地刮除了脚底板上的死皮。今天的天气真是冷得可以，坐在电脑跟前开着取暖器还直哆嗦，生怕自己受不了冰凉的盐和冰凉的菜。但菜已洗好，如果今晚不踩掉，明天这些被洗过的九心菜肯定会鲜过来。本来，做腌菜的一个秘诀就是要将菜晒瘪⁽¹⁾。再冷也只好踩了。

踩吧，把菜铺好撒上盐将脚踩到盐菜上，打了一个寒战。寂静的夜里，九心菜在我的脚下发出了有节奏的沙沙声。慢慢地，九心菜在盐和力的作用下，渐渐地渗出了卤水。踩啊踩，九心菜不断地渗出卤，脚渐渐地变红、变热。脚底心有了热的感觉。以前踩腌菜，总是洗完后立即便踩。这次却因为洗好后放了一些时间，已经沥不出水来，因而踩的时间显得特别长，直踩得腰酸。想加点水进去，又怕这腌菜腌不成。看来，传统的工艺还是有它的道理的，变革还是不可以。比如现在很多专卖腌菜的商贩已经不会再先摊后晒，待菜瘪了后堆起来让它变黄后再洗再踩了，听说他们只是将菜堆在一起，过几天洗也不洗就直接放进腌窖里了，但味道却没有按传统做法腌制的来得好，为了卖相，商贩还在菜里加色素。

自己腌制的菜，卫生是可以保证的。家有腌菜，也不必担心半夜里做点心没有菜了。这样一想，便觉得很舒心。以后的日子里，我想我还会继续踩腌菜的。传了多少年的制作工艺，还是不能让它轻易地变革掉的！

（1）晒瘪：方言，将鲜菜放在太阳下晒干。

煸 灰

　　太阳把大地晒成了白色的一片。人站在野外，瞬间，汗珠子就会顺着脸颊滚落下来。如果滴在石板上，很快就只留下一道水痕，真的是白热化了。路边的草，立起来的，枯黄的多，只有贴地的白芒茅草，还顽强地伸展着它头部的绿色，靠近根部的地方，也基本萎了。这个时候的草根，用来煸灰，是最好的。草筋灰，是上好的焦泥灰。

　　年轻的时候，草木灰的气息是最好闻的。空气里飘过草木灰的香味，会让人心旷神怡，全身舒展。田坎上一堆一堆的草木灰，升着淡淡的烟，那香气在空中弥漫，我觉得就是一种人间烟火的味道。我记得我写的第二首诗就是关于草木灰的。

　　草筋，是早些天就削好的。削草筋跟煸灰一样是技术活儿。如果光削断草，而不带根，这样的草筋煸起灰来，不会有焦泥，只有纯粹的草木灰，才真正有利于植物生长，见肥力的应该是焦泥。经过煸的泥，因为高温慢熏，土壤的成分发生了变化，经过了一次高温杀菌，又因含钾量很高，盛庄稼叶脉又利于长根。有史以来，焦泥灰是农家种植蔬菜时基肥的首选。

　　也有人用柴。砍些杂柴，待干，在灰堆基上码成一个圆锥体，上面均匀盖上翻晒过并筛过的泥，灰堆开始煸的时候，因为灰柴在煸后体积会不断减小，顶上的泥经烟熏后，慢慢地滑落到地上，这灰就算基本煸好了。

在我的印象中，我爷爷的灰堆基里，灰是基本常常煻着的。小时候，我会拿几粒黄豆放到灰堆边上，在灰堆脚挖一个孔，然后埋下黄豆，听到"毕剥"的声音，便是黄豆熟了。灰堆里煻出来的黄豆，略带淡淡的焦香味，咬起来特别脆。此外，还有番薯糕干、六谷等也常在灰堆里煻。有时候还会在灰堆里埋几根番薯。灰堆里煻出来的番薯，皮韧，极是好吃。

刚去山居的时候，我老是煻不好灰。不是草筋没有削好，火一点就燃烧干净，跟灶膛灰无异，就是因为泥压得太多，草只煻了一点点，火便熄了。所以有一次我在削草煻灰，我的一个朋友特意开车去接了一个他的朋友来，演示给我看。从那时候起，我才对灰堆基和灰泥、草筋有了一个初步的认识。

我奇怪爷爷住过的山居，找不到垃圾桶。我常常在想，我奶奶从屋子里扫出来的垃圾丢到哪儿去了。也许那时候生活垃圾不像现在这般多，但垃圾在任何时候都产生着的。后来想，爷爷的灰堆基本上是常年煻着的，垃圾也成了灰。这正是一种绿色的循环。垃圾倒在灰堆煻成的灰，叫垃圾灰。垃圾灰用来种天罗、蒲瓜、南瓜等藤蔓植物，是再好不过的基肥。既不用花大精力去处理垃圾，也不用担心垃圾太多脏了眼睛。世上的事，形成良性循环，一切便成了圆。

码好灰堆，我的衬衣早已没有一处干的地方了。今天煻的这堆灰，又不同于往常。这是因为我在码灰堆的时候，将一大堆写过字的毛边纸、画过画的宣纸夹杂在草筋中煻了。当我点燃灰堆的时候，我自己先笑了一次。我想到了"耕读"二字。我以为，这是对"耕读"二字做的最好的诠释。

（听说现在不让煻灰了，说是污染空气。千百年来，在人类没有发明化肥之前，草木灰是真正的农家肥，也没见有多少大气

151

污染。又听说农村里不让养鸡鸭猪牛了，栏肥自是无处可找了。公共厕所的建立，农家是基本上找不到人粪肥了。而规模化的大型农场又少之又少，找不到有机肥料。我就不明白所谓的绿色蔬菜来自何处了。）

削草松土的惬意时光

前些日子，雨一直下。这几天，天放晴了，被雨淋过的土地表面基本板结。

夏季的雨后，小草疯长，庄稼也疯长。以前的农家，家家户户都养小白兔，所以菜水地里很难看到有草，土地也没有那时候松软。化肥的大量使用，让土地有了很多疙瘩。要再改良土壤，得花大力气了。

现在农户种植，先是将草用农药百草枯除掉，种上菜后就用地膜盖上。盖地膜的好处就是草长不出来，还能保持土地的湿度和温度，可以少浇水。直到一季菜蔬成熟，也无须施追肥。我不喜欢这种懒汉种法，也不愿破坏土壤。所以我坚持不覆膜，也尽量少用化肥。每次掬地挖孔后，我喜欢用草木灰做基肥，然后在作物的生长过程中，松土，除草，然后追肥。肥是从别的地方搞来的栏肥。用栏肥种植的蔬菜，很容易烧熟且软，不像化肥施出来的那样硬邦邦。

抽得半日闲，今天就给土地削草松土去了。

初夏的日子，上午还是冷飕飕的，下午的阳光就烤人。

扶了青瓜上架，摘了几个成熟的茄子和小尖椒。菜地里已经长满了杂草。特别难弄掉的是白芨茅草，这种草是节节长根的，跟鸭脚青一样，比鸭脚青更难除。鸭脚青长大后整枝拔除并不困难，但白芨茅草长大后是很难削的。所以要趁草小，将它削除。

早先削草，我以为是为了除草，现在看来，不单是，更重要的是松土。土壤松散，易生根，作物就会长得好。

几垄地削下来，人已浑身是汗。难怪城里人常常说"好汉不赚六月钿"，这大热天干农活的滋味还真不好受。头顶大太阳，汗滴禾下土。

好在傍晚很快就来了。黄昏时，风吹来便有了凉意，活也干得差不多了。一点点的，坚持着就把想干的活干完了。

收工。乡间生活的曼妙就在于收工后的时间。太阳还没有下山，余晖把大地涂上了一层金色。

油菜籽基本成熟，小麦也黄了。这时候看麦浪，是件极有味道的事。

肩扛锄头，到处转转。

竹木边上，有几支刚露头的落脚笋，看黄苞苞的蔬头，就感觉得到这些笋的嫩时，会想起它水淋淋的模样。迟出的笋，是长不成竹子的，所以挖了来，晚上的下饭菜就是它了。

土豆秆开始转黄，农人的说法就是坐下去了。秆坐下去，是土豆成熟可挖的标志。又去农具间找了把铁匝，挖几蓬洋芋艿。这时候刚挖起的土豆，是不用刮皮的，在水里一揉搓，皮就掉了。切丝放汤，或者切滚刀块后炒，既脆又糯，是入口的上品。

干完了这些，天还有些亮。那就看看花。

赏花是要有心情和兴致的，否则，再好看的花也只是一种颜色的差异。凑近盛开的花朵，花香若隐若现。看看刚松过的土地，闻闻花的香味，疲劳也就消失在这种气息里了。

乡居忆杂

　　最近时不时地想起离县城约十公里的老家。那里还有三间即将破败的房子，房子是已经不能住人了。前年的一个晚上给已逝的奶奶作佛事，就是在老家的房子里作的。房子里面基本上空无一物，但爷爷奶奶睡过的床还在，小学五年级之前我基本住在这里。

　　说是老家，其实并不是我的。

　　房子一字排开，三间。前方的板壁在我离开这里时已经有些蛀虫粉了。楼板是原木踏成的，人一走在楼板上，就会有"嗵嗵"的声音。房子的左边是一片并不茂密的毛竹，右侧和后背都是小竹林。前方的一片开阔地，可以远远地看见钦村的那条省道公路江拔线。前面不远处，有两口间距不过三十米的池塘。老家的房子没有左邻右舍，距最近的人家估计也要转一个弯才看得见房子。

　　爷爷在世的时候，正房右侧还有两间茅屋。一间是用来养猪的，还有一间杂七杂八地堆放着一些农具。在这间房子里，奶奶养过一些兔子，还有鸡呀鸭呀鹅呀什么的家畜。爷爷过世以后，房子没有人修理，也就渐渐地破败倒塌了。后来奶奶在旧基上种了些橘子什么的。

　　道地上有两棵高大的木瓜树，还有梨头和杏子以及柿子，右侧面路边种着枣树和杏子树。这些果树，曾给过我很多童年的乐趣。枣子熟了打枣，杏子熟了摘杏，将青柿子摘下来腌在烂泥田里的事情也做了不少。爷爷的菜园子就在道地外方，用狗橘子刺围成的，到菜地还必经过一棵石榴树。三步踏道下去，才可以到菜地里。爷爷在菜地靠家的里方，种了些韭菜。菜地里还有两棵金橘树。金橘树不大，但每年挂果很多。

爷爷和奶奶都是爱美的人，道地边上，时不时会有一些花儿盛开。月季啊一丈红啊什么的都有。

夏天的晚上，等奶奶"啰啰啰"地喂过猪后，我和妹妹就点燃艾把，坐在道地上看天上的星星和月亮，看萤火虫飞来飞去。爷爷就会开始给我们讲故事。罗隐秀才的故事是爷爷讲得最多的。我想我以后的善恶观就是从这故事里形成的吧。爷爷还教我们认识北斗星、启明星。一些印象很深的农谚也是从爷爷口中说出后被我记住的。爷爷说小小的米粒在老天菩萨眼里有团背一样大，饭粒掉在地上要捡起来吃掉，不然天要打雷的。

奶奶去世以后，我几乎每年都要回那里看看。只是房子日渐破败，道地上青青的全是草。那两棵大木瓜树，已经种在了一个朋友的院子里。

奢谈《圣经》

——文学是什么样的？

　　我的书橱里有一册《新·旧约全书》，是很多年前跟崔老头一起在教堂里购得的，并不曾认真阅读，但依稀是草草地翻过的。今晚在天然居与立波、文辉、少颖谈及诗歌的时候，文辉提出《旧约》比《新约》更有嚼头，按文辉的说法，《旧约》所呈现的，是一种客观存在。而《新约》则引导性的文字太多。我说无论《新约》《旧约》，都是上帝布道的需要。用立波的话来说，希伯来文字在《圣经》中表现出来的，并不是官方语言。而传教士的布道对象，则往往是渔民、流浪者、工匠抑或妓女。这些人应该把他们归属到下里巴人的范畴里，因此，引导是必要的。

　　就文学来说，诗是诗、散文是散文、小说是小说的提法很简单。简单只是对文学爱好者来说，如果要引导没有入门的人来喜欢文学，就必须先让他们了解什么是诗、什么是散文、什么是小说。我感觉这就是《新约》与《旧约》的区别。《旧约》是天地浑黄时的约定，而《新约》则是耶稣复活后的约定。在继承旧约定的基础上，制定新约定大抵是没有错的。

　　文学是不是在布道？我在一个关于散文的讨论里面说过，我们不要去夸大文学作品的社会功能。但潜移默化后，这种客观的功能也是潜在的。文学作品通过作家的脑子表达出来，是作家的自然属性所致。客观上的布道只是艺术通感而达到的共鸣。这也是检验文学作品是否具有广泛被接受的标准之一。现在文学界有很多伪命题：让诗歌回归到诗歌中去，让文学回归到文学的本质中去。文学的本质是什么？现代人表达个人情绪，选择自己与自己对话、选择自己与自己的隐匿者对话、选择自己与社会直接对话。实际上，不管选择了任何形式的对话，作家表达的情绪一定是个体的。直接与自己的心灵对话，是自言自语；自己与隐匿者的对话，体现了一种矛盾的心情；直接与社会对话，是作家通过对社会的观察、思考后发出的呐喊。这样的对话，具有更为广泛的社会性。就像《新约》，需要更多的信徒去关注上帝，它就必然给予解读。

《圣经》本身，是一部伟大的文学作品。从近似乡间俚语般的希伯来语言中，我们阅读到了很多人类的规范。在天长月久之后，这种规范长期指导着人们的思想和行为。《圣经》不是贵族文学，它需要更多的人接受它的思想。我们的文学作品，也需要更多的人去解读。

因此，我们的文字需要展开，我们需要更多的人来接受文学和理解文学。读《旧约》是需要有一定的高度的，因为它显现不是一个观点，而只是一种客观存在。它不去指导信徒应该做什么。其实，读《新约》也是需要有一定高度的，否则他的眼里便只有上帝的影子。

因此，艺术创作就应该有《旧约》般的让人领悟的作品，也应该有让人先入为主的诱导型的《新约》。我想，文艺创作的百花齐放、百家争鸣也如《圣经》一般，允许多元并存。我们应该在文学里看见上帝，也应该在天国里看见魔鬼。

关于余秋雨、韩寒与儿子的对话

时间：某天中午

地点：家中餐厅

对话缘由：闲谈

参与人：我跟上高中的儿子

儿子上午去医院拔了一颗牙，回家后一直躺在床上休息。本来我是极少做中饭的，征询儿子的意见，他说随便搞点吃的好了。我叫他说具体点，他说最好还是米饭。于是做米饭。熟后，叫儿子起来吃饭，在餐桌上，发生了如下的对话。

儿子：爸爸，鱼的刺是鱼的骨头吧？

我：嗯，应该是的吧。

儿子：爸爸，鱼刺为什么是尖的？

我：对不起，这个问题我答不上来。以后你去研究。

儿子：你知道韩寒吗？

我：知道，看过他的《三重门》。

儿子：有什么评论？

我：具体说，他的作品文学性不强，这说明他的文学修养不够。

儿子：他的作品是写给青少年看的。

我语塞。

儿子：我们班上语文老师言必谈余秋雨，你对余秋雨的作品有什么评价？

我：秋雨先生的作品我看过一些，总体说起来思想深度还是有的，但是个人感觉他为人太过张扬。

儿子：你对他的印象不好是不是因为青年歌手大奖赛做评委的发言？

我：不是，我没有看过电视。

儿子：你觉得他的作品哪一部好一些？像《山居笔记》和《道士塔》等。

我：我更喜欢读他早期的一些作品，比如《文化苦旅》里的一些篇章。

儿子：你觉得这些文章写得好吗？

我：文章的好坏是评不来的，因为从读者的层面上来看，有个接受能力的问题。但是余先生对中国文化还是做了一些研究的，也下了很深的功夫。余先生是个倡导接纳多元化的作家，但我觉得他的作品表现方式是从一个模子里倒出来的。

儿子：你是说他的作品表达方式千篇一律？确实有这种感觉。

谈了一些其他的问题，中饭吃好了。我对儿子说：谢谢你儿子，你让我明白了一个道理，即韩寒的文章是为青少年写的。但有一点我想向你做个说明：一个好的作家，他的作品读者应该是不会受到年龄限制的。各个年龄段的读者对作品表达的内容会有不同的领悟。

汉字只有一个标准

中国作家协会主席铁凝在为《美文》创刊十五周年的题字上将"风华正茂"的"茂",下部的"戊"写成了"戍"。本来简单的一件事,因为铁凝身份的特殊,由此在网络上引起了轩然大波。看了关于此事诸多的讨论,觉得中国人的认真是无可比拟的。无论是正方还是反方,双方似乎竭尽了能事,引经据典,欲证明自己的观点是对的。新当选的陕西省作家协会主席贾平凹则公开回应:在书法中,多一笔少一笔很正常,铁凝没有写错字。

铁凝究竟有没有写错字?这已经不重要了。杂志已经发行,如果真错了,杂志也不会将《美文》收回去销毁重新再让铁凝题一次。我看重的是这件事中诸位的态度。平心而论,题字是书法,这是肯定的。书法作品可不可以多一点少一画,这是书法理论家研究的问题。但我认为铁凝是写了错别字了,无论是从书法角度还是从文字角度。清代著名大才子纪晓岚所书在山东孔府大门两旁的明柱上的对联中的"富"字,少了上面一点;文章的"章"字,下面"早"字的一竖一直通到上面的"立"字。这是纪晓岚故意写错的,"富"字上面少一点,叫作"富贵无顶";"章"字下面"早"字的一竖一直通到上面的"立"字,这叫作"文章通天"。是两个明显的错别字,之所以没有将它们作为错别字来理解,是大众的宽宥,并不表示纪晓岚没有写错别字。汉字是有规范的,如果规范可以随着某些人的意志随意改动,那么汉字必

161

将成为谁也看不懂的怪胎。

　　我不知道铁凝主席对这次事件的态度如何，但我这样认为：作者写了错别字，读者应该原谅，因为人无完人。读者发现了错别字，作者应该表示感谢，这事关治学的严谨。在这里，作者本人的态度至关重要。如果作者写了错别字被读者指出来，作者以为写错别字很正常，就是一种态度问题。贾主席把铁主席的错别字说成不是错别字，是一种趋炎附势，于读者无益、于铁主席无益、于贾主席自己更无益。

　　错了就是错了。我也常常写错别字，一些热心的读者指出我的错别字，我很高兴。有时候我还会去查一下字典，以证明到底对了还是错了。记得我的一个稿子被读者指为"两、二"不分的时候，我还专门请教了一些文字专家。结果发现指出的是对的，是我用错了。到现在，我对那位不知名的朋友还心存感激，他至少让我不再重犯错误。

　　为了捍卫汉字的严肃性，我以为还是少写或者不写错别字为妙。用一个标准来看待汉字，比用双重标准来看待汉字重要。

南北
NAN BEI

诗人是什么

打开网易新闻，不经意间读到了一条消息："广东诗人吾同树轻生压力大？太抑郁？"只看到这一消息便让我想到了去年自杀身亡的诗人余地。余地走后，我为他写了一篇悼念文章。与其说是在哀悼诗人的离去，不如说在为自己的精神世界送葬。诗人的心是敏感的、脆弱的。我至今还不明白那些杰出诗人的结局为什么那么让人心灵震颤。如果说徐志摩撞机身亡是一种冥冥之中的力量，那么海子呢？余地呢？还有眼前的吾同树呢？

今天早上，我还读了一遍余秋雨的《莫高窟》一文，我感觉我是用小学生的虔诚在阅读生命，我的思路被余秋雨所吸引。在亲近书香的日子里，我去了久不迈进的新华书店。我看到一些学子席地而坐，一些学子掩卷遐思。相对于他们，我觉得我自己更近一些功利。因为他们是为了补充养分而来，而我则只是为了怀旧，书触动了我的某根神经。在今天的新华书店里，我特意留意了一下诗歌，那是我曾经的梦想。然而，一些诗集的封面已被染上了某种不为人轻易觉察的颜色。我感到有些压抑，这种压抑感早些年在杭州晓风书店里曾有过。我觉得我无法融入这飘香的世界了。究竟是书弃我而去还是我对书望尘莫及，我至今仍然不敢想结果。

吾同树是诗人，面对他的轻生，我同样想不出来是诗人抛弃了诗歌还是诗歌抛弃了诗人。海子走后，成千上万的诗人为他共同歌唱一束麦子。我不知道面对吾同树的最后的诗歌，我们还能做何感想。

我年轻时曾在墙上挂过一个条幅：沉默绝不是诗人，诗人绝不会沉默。可是吾同树沉默了。

曾为汶川地震后诗人们表现出来的激情所感动，也曾这样幼稚地想过：诗歌，又面临着一次复活。可是吾同树的离去让我不再产生幻想。诗歌，不过是旧时风月。诗人，无论是狂放的还是内敛的，最终都是理想天国中的疯子。那么让我对吾同树说一声：疯子，你走吧！你前有去者后有来者，但诗歌不朽！

悼念诗人余地

　　诗歌的光芒到底能照亮哪些人？海子走了，把他的"春暖花开面朝大海"的美好愿望留在了世上；顾城如天空中飘过的一朵云彩；而今，青年诗人余地又驾诗西去了。雪莱、普希金、徐志摩等英年早逝，似乎印证了诗人是忧郁的。余地照片上的眼神告诉了我：快乐着的，不是诗人。当心灵与心灵撞击，世界与心灵对话，诗人的心竟是这般脆弱。

　　余地是被精神勒索死的。很多人寻根追源，希望能找出余地自杀的根本原因，但是没有。就连最了解他的妻子，也对他的自杀表示不解。我读余地的诗并不多，对他的诗歌似乎没有像对麦地诗人海子的理解，对他的诗也说不出什么。当我在网易首页上看到余地自杀的消息，我还是忍不住心颤了一下，我为余地感到悲痛。我想起了前几天，我跟一位在公安系统工作的朋友的对话，他对我说："我奇怪自己怎么会有自杀的想法。"我淡淡地告诉他："没什么好奇怪的，这种想法我年轻时也有过，只能说明你年轻。"

　　简单地分析一下余地的生活环境，诗人的大部分时间是在看书写作。看书写作的过程是一个美好的过程，但当他回过头来发现生活并不如他想象中那样美好，于是便绝望。刹那之间，解脱两字可能成为他在这个世界上最后的念头。是他没有父性嘛？他为他的那对双胞胎儿子起名叫"平平""安安"，已经寓上了他

165

作为父亲的希望。繁花簇锦以后，他深知"平淡即真，平安是福"。是他没有爱心吗？他不希望他的妻子进入文学圈子，因为在圈子里的他深知这个圈子并没有什么好玩的东西。

这时候，我想起了妻子对儿子说的话：你长大后什么家都可以当，就是不要去当作家。作家和诗人已经没有很多年以前神圣的光环，在急功近利的年代，作家和诗人几乎是作为一种摆设存在着，作家和诗人的内心充满着恐惧。虽然如此，我依然对文字充满着尊敬。这也许是一种自恋。

看到余地自杀的消息后，我才决定不去参加创建办召开的关于一个全县学生的书信比赛征文评奖会议的，这是昨天得到的通知。此前活动开始时，我去参加过预备会议。创建办需要的，不是真正的文字，他们需要的，只是走过场，只是可以写总结，只是可以说通过这个活动，有多少人加强了文明意识。创建办这个机构本身极具幽默感，如果文明可以创建，那么梨花铺天盖地，诗人比诗歌还多的事实是非常符合情理的事了。没有去开会，不完全是抵制，我深知我如螳螂、如蚍蜉。我只是为文学、为文字感到丝丝悲哀，就如为余地感到悲哀一样。

余地已化为灰烬，秋虫一如既往地鸣唱。深秋的夜里，敲几个冰凉的文字，为余地先生送行。

明天，我还要活下去；明天的明天，我也会烟飞尘灭。

诗情常伴　流韵一生

祖顺先生走了，心中一沉。

得知这个消息是雨纷纷的清明时节，我正行走在祭祖的山道上。忽然就生出了一种歉疚的感觉。

我与祖顺先生相识已久，相交不多。前几年得知先生身体不好，曾跟他的一位亲戚说起，要去看看先生。后来却一直没有成行。缘于偶尔遇到先生时，看先生的气色尚好，心想先生康复得不错。我不愿意在病人面前问病情，怕影响病人的情绪，也怕坏了自己的情绪。所以拖着没有去先生住处问疾。

祖顺先生是位诗人，写了无数的诗，也出版了诗集。我曾有幸得到过一本《野菊飘香》，那是先生特意赠我的，在扉页上题了名签了字的。

回想起来，我年轻时写诗，多少是受了何祖顺这三个字的影响的。少年时代，可以读到的刊物很少，但是有一本南京军区编的32开刊物《东海民兵》可以在很多地方看到。我就是在这本刊物中读到了先生的诗，也记住了浙江何祖顺这样一个名字。我的第一首发表的诗歌，诗风就是白话化的七字句。既不论平仄，也不合律。以前没有意识到，先生是最先让我钟爱诗歌的人。现在这种念头却越发强烈了。谢谢你，先生。

先生是个很勤奋认真的人，一生写了无数的诗。我也编发过几组先生的诗歌。先生的诗歌，我无能从专业的角度品评，但从文字的包容看，先生的诗，还是抒发了很多的意，也有诗情。作为现代诗，先生的语言是古了点；作为旧体诗，先生的作品还是新的。他的作品，新就新在大胆地丢弃了平仄格律，用直白的语言抒发胸臆。"诗言志"，先生是真正做到了。

我曾跟石三夫先生讨论过旧体诗词的破律问题，三夫先生也写了不少破律的诗、填了不少破律的词。最后我们达成的共识是：如果没有在标题上标注律和词牌，词和诗都应该是自由的。所以早些年网上热议赵忠祥先生的一首七言诗，有很多人指责他的诗破律时，我是支持赵忠祥先生的，因为赵忠祥的诗并没有标注"七律"二字。

热爱诗歌的人，都是热爱生活的。祖顺先生是个热爱生活的人。思考和认识来自感知。祖顺先生的诗，题材是多样的，思考也是独特的。我觉得他的表达是真实的、是自我的表达、是内心的呐喊。这是我认识祖顺先生并读他的诗后的最大感受。

认识祖顺先生时，他正在我的母校执教。后来又去郊区的一所中学当了校长，再后来在教育局的教研室做教学研究工作。偶尔在路上遇见小叙，先生诗不离口。跟我谈得最多的，也是诗。

我是早就不敢写诗了，所以我很佩服祖顺先生。虽然诗人没有年龄的限制，但诗意有要求。到这般年纪仍能坚持写诗，是需要勇气的。这些年，祖顺先生还担任着天姥诗社的副社长和秘书长，不仅自己坚持写诗，还在为诗歌奔走呐喊。他的一生是流韵的。

下午去殡仪馆瞻仰了祖顺先生的遗容，并跟祖顺先生做最后告别。站在祖顺先生的遗体旁，我已经想不起要对祖顺先生说什么话了。

看望和告别，也只是宽慰自己的内心。

南北
NAN BEI

不与蚂蚁比大，不跟大象比小

　　三十六湾论坛网友资助的一个贫困学生今天来找我，谈到她的学习情况时，我感觉她有点傲气。说班上的某某如何如何，说她自己如何如何。我打断她的话，对她说了句"不要与蚂蚁比大，也不要跟大象比小"。看她瞪大眼睛的样子，我也没有再说下去。小朋友的自尊心不能打击太多，于是我没有继续展开这个话题。

　　人活在世上，有很多的事情要做。生活目标的不同，势必导致生活手段的不同。从这个层面上来看，人与人之间是没有可比性的。我在一个博友关于精英的帖子后面跟了一句话：我反对精英的提法。精英有没有？精英肯定有。在某一专门领域有突出成就的人肯定是这个领域的精英。

　　曾记得一个故事，说的是一个人对另一个人说：我今天很高兴，战败了两个冠军。与象棋冠军打乒乓，与乒乓冠军下象棋。这虽是个笑话，但令人思索。无法想象如果与象棋冠军下象棋、与乒乓冠军打乒乓，这个赢了两个冠军的人会说什么话，也许他的心理暗示就是：输了是应该的。

　　承认别人的优秀，努力完善自己并使自己有一个向别人学习长处的良好心态。

　　小朋友问我以后去考师范类好还是去考医药类好时，我对她说：你是一个高二的学生，还没有到选择志愿的时候，你应该把自己有限的精力投入学习中去，现在是"但问耕耘"的时候。

小朋友要参加一个社会实践活动，是问我来借书的。这本书我曾参与编辑，但找来找去就是找不到。打电话问了几个朋友，都说手头没有了这本书。情急之下，给图书馆的馆长打了个电话，被告知图书馆馆藏书籍中有，他下午让人送过来。万幸！至少尽量满足了小朋友学习的愿望。

看佛国凡尘兄关于老曲的文字有感

终于看到了佛国凡尘兄发上了《再见，朋友》。自从看到这篇文章的开篇，我就期待着下一篇，期待着本篇的结尾。我不知道这最后的一节是不是结尾，但我宁愿相信是。

看完了这篇结尾，我约了四眼田鸡去逛街。两个人穿行在喧闹的大街上，谁也没有说一句话。我们就像这世界上的两粒微尘，来若云烟，去如微尘。没有人会注意曾有两个"人"游荡过市。

真佩服佛国凡尘过细的洞察力，我跟曲教授做了十多年的朋友，虽往来不多，但彼此可敞开心扉，至少可以做到不虚假：想说就说，想骂就骂。就比如这次我请曲教授以及他同来的齐教授吃饭，他可以当着我的面说："我敢肯定，我这次吃饭是沾了齐教授的光。否则，老衷是不会请我吃饭的。"吃饭嘛，我肯定请，但未必请到酒店里。因为是第一次见齐教授，他又是曲教授的朋友，所以我要让齐教授留下江南人热情的印象。我觉得，这不是什么虚假，而是一种礼节。好在曲教授理解！看到齐教授津津有味地卷着马兰头筒春饼，我觉得这样请他们是对的。

其实也没有什么对错。用曲教授的说法是"好玩"，好玩了就去玩，玩好却是一种学问。好玩的事情很多，却又未必事事都玩得好。

佛国凡尘兄是好玩而又玩好了的，短短几天时间，就把我用了十几年交往中才认识到的曲教授的优点全都总结出来了。这是一种心智、一种用心体察的结果。

这几天，我一直在看佛国凡尘的每一个文字，用心体会着他文字以外的思考。我很感动：我以为佛国凡尘是真诚的，他在跟曲教授交往的过程中是用心的，所以能大体地对曲教授的行为、思想进行把脉。

写到这里，我忽然想起了阿·诺贝尔的自传："阿·诺贝尔呱呱坠地之时，小生命差点断送在仁慈的医生手中。主要美德：保持指甲干净，从不累及他人。主要过失：终身不娶，脾气不佳，消化力差。唯一愿望：不被人活埋。罪大罪恶：不敬鬼神。重要事迹：无。"

阿·诺贝尔似乎与曲教授毫无关联，与佛国凡尘也不会有太多关联。在我心中，阿·诺贝尔只是与一些有国际影响的事件连在一起的，与某个人有关联的可能性微乎其微。我不知道我为什么在这个时候想起了这个外国人，这个影响着整个世界的伟人。

雄伟和细腻、严肃和诙谐、抒情和哲理，只要能够让人得到启发、得到娱乐和享受，都是好的。这正是佛国凡尘兄这些文字给我的启示。

捌寺山茶场回来后，曲教授感触良多。他非常欣赏佛国凡尘的仪态和淡泊，他对我说："他实在不是个名利场上的人，我确实想跟他去面别一下。"我拍案叫好：人与人之间，能做到相互欣赏，这真的是一种缘。

临走之前，为我写了首诗，题目是《遥看穿岩》：

穿岩连云不可登，

遥知高处有罡风。

造化从来非为我，

结交何必尽书生。

给毒药医生的一封公开信

毒药医生：

　　你好！

　　不知道你是什么原因要走的，我粗粗地估计可能是因为你开的那个楼引起了争吵，扰了你的心境。你觉得多有不公，所以要走了。我作为论坛的管理员，深感遗憾！

　　没有做过你的患者，所以对你的医术我不能做任何评判。从网上的印象，我觉得你是个认真负责的医生。从诸多湾友的求助帖里看出来，你是有求必应。哪怕查阅资料也是要费很多时间的，这点我非常理解！

　　我非常佩服你在医患关系紧张的情况下，开了征求对人民医院的意见帖。我觉得无论从哪个方面来说，这是一个良好的开端，医院需要了解患者及其家属的想法，患者也需要与医院的医生有真诚的沟通与交流。我不懂医，但我相信心理疗法。说实话，医院确实有很多需要改进的地方，个别医护人员的服务态度、服务质量，是确实需要提高的。我这样说，并不是全盘否定人民医院。人民医院作为新昌医疗行业的龙头老大，确实有相当的优势，无论是医疗器械还是医疗技术。而且我非常相信，人民医院有好的领导、有好的医生、有好的护士和护工。为什么百姓对人民医院有很多意见？综合起来看，原因有很多：有行政领导的管理问题，有医护人员的医疗技术和服务质量问题，有大环境的问题（比如医改），还有患者的心态问题。

人非圣贤，孰能无过？金无足赤，人无完人。这两句话流传了很多年。站在第三者的立场看，我觉得是一种理解、一种宽容。是不是因为有了这两句话，我们就不要自省了呢？我觉得不是这样的。自省是必要的，但自省是为了完善自己。人不可能一辈子不犯错，我觉得我自己常常犯错，有时候听到批评的话，我心里也会不开心。但静下来，细细分析一下，如果对方怀抱诚意，即便批得有点过了，我也同样会表示感谢，这种感谢是由衷的。

在论坛里，曾有位湾友批评我"两、二不分"。一开始我不服气，我专门请教了很多人，也查了很多资料。结果我发现是我错了。到现在为止，我还很感激这位湾友。至少是他的批评，让我有了对"两、二"的再认识。

扯远了，回过头来跟你说我写这封信的目的。我们确实很希望你留下来。一是为湾友释疑解惑，二是为增进医患了解。对医生，我向来是很崇敬的。小时候听祖辈说"不为良相便为良医"，医与相并列起来选其一，可见医生的神圣。医生医好的，是不能用一个生命体来衡量的。

我也看到了那个湾友公布的你发给她的论坛短信，我觉得你确实不够理智，但我无意谴责你。人在很多时候确实会变得不理智，但这种短暂的不理智会带来不可预见的后果。我希望大家都要有容人的雅量。那位湾友可能觉得委屈，而你看了她公布的短信觉得更委屈，因此有了要走的想法。

我记不得是哪位文学大师曾经说过这样的一句话"磨难是人生的老师"，如果自己的委屈可以换取理解，未必不是一件好事。我这样想。

毒药医生，留下来吧，不要轻易言走。相信我的挽留是真诚的，也相信许多湾友挽留你的心是真诚的。湾里还有很多医生朋友，

南北
NAN BEI

希望你能与他们一起继续为湾友们排忧解难。同时也感谢一直以来你对三十六湾论坛的关心支持，真的希望你继续支持我们！同时也希望我们的湾友能理性客观地看待问题。讨论的目的是为了进步，如果大家怀着这样一种心态，于医生、患者和医院都是有益的。医患关系改善，得益的是大家。

福寿螺的危害与人的食性

几个月以前吧，从网上看到宁波、奉化等地的福寿螺泛滥成灾了，政府有关部门在组织灭杀这种没有天敌的外来入侵生物。又从论坛上看到，福寿螺在我县境内也时有看到，一些网友发帖建议论坛组织人工灭杀。论坛也做了考虑，但因为没有见过福寿螺，因此对它的危害认识不足，只知道这种外来生物北京开始禁食了。跟田螺一样的东西，能危害一些什么呢？禁食是因为它"可能引起广州管圆线虫等寄生虫在人体内感染"。人的食性是很奇怪的，科学研究表明，新鲜河豚鱼有剧毒，民间也有"拼死吃河豚"的说法，还是不断地有人拼死吃河豚，也不断地有因食河豚而被毒死的消息传出来，但河豚还是照样有人在吃——可能是心怀侥幸，也可能是自信自己的肠胃抵挡得了毒素。

没有吃过河豚也没有食用过福寿螺，就连闹猛的小龙虾都没有入过口。我的饮食比较传统，深信千百年来前人总结的食谱总是有它的科学道理的。就连马兰头等野菜，我也食之极少。偶尔尝上几口，我是完全将它们当作中药在食用，而不是当成蔬菜在食用。同理，我不食狗肉、蛇肉，不生吃河虾、鱼片，甚至连醉蟹什么的也不吃。这里面既有个人的饮食习惯，也有个人对饮食的认识问题。但我不反对人家吃，就如我不会喝酒，但我绝不反对别人饮酒一样。

今天是真真切切地看到了福寿螺。这种除了尾部的螺旋有别于田螺的外来入侵物种，看上去几乎跟塘螺田螺没什么差别。令我感觉不好的是它产在高于水面三、四十厘米的卵，粉红色的卵粘在石壁上，像一朵朵的花。在新昌梅渚一个远离溪江的村子里，我和涛哥、田鸡、江湖以及涛嫂在当地村人的陪同下去钓野鲫鱼。到了塘边，看到了这些粉红色，大片大片的卵在塘壁的石坎上。这是我第一次看见这种粉红色的卵。我无心钓鱼了，常常抬眼看这些粉红色。我用随身带着的相机拍下了照片。水塘不深，露出的水草已成残枝，见不到半张叶片。在水草露出水面的根茎上，映入我眼帘的，依然是这种粉红色，让我心惊肉跳。

没想到福寿螺还可以被钓上来！第一次钓上福寿螺时，还以为是鱼钩恰巧碰到的，但后来不断地钓上来的福寿螺让我相信是它在吃鱼饵，因为同行的人几乎都钓上了好几个。田鸡老师钓上的一个福寿螺还当场在塘坝上产卵，卵粒相互粘连成块状。从有关资料上看到，雌性福寿螺一年可产卵二十至四十次，产卵量三万至五万粒！试想，这种喜食浮萍、蔬菜、瓜果的福寿螺长年繁殖下去，将会对农作物带来何等的危害！它是在与人类争口粮啊！

回到家后，当即在论坛上将这几张图片发到了民事民声版块，取题"触目惊心的福寿螺"，配的文字是："以下图片是我们在梅渚镇铁牛村的一口很小的山塘里拍到的。塘沿四周粉红色的就是福寿螺的卵。我们在钓鱼的时候，每个人都钓上过福寿螺。塘里的水草都被福寿螺啃得精光。连山塘也被这种繁殖能力很强的生物所侵入。建议政府有关部门引起足够的重视。"

早一点认识到这个问题，并着手解决，危害会小一点，投入的人力、物力、财力也会节省一点。等到遍地危害了，再来解决这个问题，怕是又要全民发动了。

解读菩提峰

　　再次去菩提已经是 2006 年 3 月 19 日。这一天，阳光明媚，春意已无可掩饰地来到了人们的眼前。柳叶已披绿装，桃花更着红裳。这一天是三十六湾论坛组织的登菩提峰为一个湾友祈愿活动，让我再次进入了登山的行程。从大佛城广场出发的意义，我看就在于是心向菩提的一种表示。于是有了浩浩荡荡的车队。

　　菩提树又叫菩提榕，是桑科榕属的热带乔木，具有速生、长寿两大特点。树形优美，高大挺拔，"冬夏不凋，光鲜无变"，给人以神圣、肃穆之感。相传，佛教创始人释迦牟尼在印度迦耶一棵毕钵罗树下结跏趺坐，发誓说："不成正觉，终不起此坐！"经过七日七夜冥思苦想，终于大彻大悟，成了佛陀。那棵毕钵罗树及其同类都被称为"菩提树"。"菩提"是"觉悟"的意思。由于"佛坐其下成正觉"，故菩提树被教徒尊为圣树。由此想象菩提，登菩提峰当是件十分美好的事情。菩提峰应该会比菩提树更有些觉悟。

　　几年前曾登上过菩提峰，是菩提峰的名字吸引了我，以为这菩提峰上植满了菩提树。穿荆棘行竹缝，登顶之后却发现此地不惊不奇，既无菩提树，亦无险象生。有心寄愿，又难寻寄情处。从此便不再提菩提峰，不再想起，在新昌的小将镇，有一个地图上标着海拔高度为九百九十六米的新昌县最高峰。

　　又听人说起菩提峰如何高险的话，心里总是暗暗发笑。偶尔还见到一两篇描写此峰的文字，读后也无太深的印象。非是作者文字不美，实在是对菩提峰有太多的失望。

这次是因为集体活动，不参加对不起各位的辛勤劳动和用心。只是再三声明：不登顶，只在山脚等湾友同归。

这是一条全新的登顶线路，车队停在一个不知名的小村子边。近百号人集中在菩提峰半山的操场上，看他们兴高采烈的样子，情绪也随着高涨了起来。看人群中有年长于我的人在摩拳擦掌，便跟了大队人马朝山顶行去。

可能是离村庄较近的缘故，这儿居然还有小径可走。

那个被湾友们祈祝的女孩子，我开始出担心她的体力，但她全然没有后退的意思，一直紧随着大家。倒是我们几个有了些年纪的人，慢吞吞地走着。年轻人当然也有一两个，那是他们为了照顾我们才跟我们同行的。

半山腰上有几间石屋。门前有一个较为空旷的道地⁽¹⁾。我们后面的几个人就驻了下来。用手机联系前面的队伍，却发现此地已经是台州地区的移动信号了。

春日里，阳光真的很好。坐在石屋的檐廊下，面向太阳，忽然发现这真是一种极难得的享受。于是有机会仔细看了一下山势，也看了一下林木。林大不算葱郁，山势依然不见险峻。有村人告知此地望不到菩提峰，得翻过山去。我想，最起码这也应该算是跟菩提峰沾边的了。不断有电话打来，说是上山的路如何难行。又不时地想那个被湾友祈祝的女孩，真怕她累得走不动路。当有消息传来说她也登临山顶的时候，心里才长长地舒口气。能让她亲眼看见湾友们为她祈许心愿的场景，也不枉此行了。

当上山的人群跟我们会合时，我看到那个女孩子的脸红扑扑的，看不出一丝病态。

(1) 道地：方言，即门前的圣地。

179

以前登山，总是感到山是险的好，但这次，改变了对菩提峰的看法。

　　在经过披荆斩棘之后，平缓成了它的主调，宽容成了它的内蕴。张张笑脸告诉我：这就是对菩提峰最好的注解。

三十六湾的惆怅

再次去三十六湾时，时序已是2009年的深秋。

已经找不到当年走町步涉水的乐趣了，车子直接开进了三十六湾里面一个叫生家地的村子。

记得第一次去三十六湾游玩时，从黄坛村口涉一道水，走过一片青青的水草地，还得再涉一次水。上得岸后，还得走町步，蹚浅水。沿途还可以看到水杨梅、鸡尿糖等植物长在两岸。早几年，薛家柱先生还大叫"农夫山泉有点甜，此处水赛农夫泉"。现在，这一切都成了明日黄花了。只有生家地的几户人家，还依然零碎地散落在山水之间。

山还是那座山，依旧葱郁；而水，已失去了昔日的灵性，再也没有见着那些水和尚在清浅的水里嬉戏。我甚至开始怀疑，这是我梦萦魂绕的三十六湾吗？那些曾经的水已永远地流走了，空余了一个名字。

这些年来，我无数次到过三十六湾。也曾写过一篇《不再寻访三十六湾》，那真是感慨于三十六湾的原生态的渐渐失去，在焦虑和不安中，写了那些爱之深恨之切的文字。今年两会期间，我还就三十六湾的原生态被破坏提交了一份提案。

我是把三十六湾作为一处精神领地的。可是我却无法让三十六湾变得更美，眼看着它被一种叫作利益的东西在它的身上刻下伤痕，以至于它即使伤痕累累，却依然要装出兴奋的样子来迎接一批又一批因为敬仰、因为好奇而来看它的人群。即使痛心疾首，三十六湾也无法表达。我从渐渐变浊的水流里读到了三十六湾内心的孤苦。尽管从表面上看，人多了，开山炮却震落了它的宁静。

　　早些年去三十六湾，看到一头驴子驮着一些杂物，和山里人一起走向大山深处时，也曾感叹人的勤劳。现在，当惰性成了一种现代化的动力和衍生品，我却怀念起了那些艰难困苦，我觉得那是值得回味的。现在可供回味的东西越来越少了。难怪同样是三十六湾的茶，现今品来，已全无"棱棱金石气"更不见"粼粼圭角"。被石三夫称为"摘不出警句的好诗"的地方，如今却连顺口溜般的文字都难得觅见。

　　来烧烤野餐的人群依然热闹着，他们关注的也只是碗里的食物。我只看见一个大汉遁进了山里，不多时摘来一捧乌米饭，含在嘴里，还有些许的清香。但这已经与三十六湾的水无关了。大汉的妻子，怔怔地张望着群山，我分明从她的眼里读到了盛名之下其实难副的惆怅。

不再寻访三十六湾

去了趟三十六湾。

曾从黄坛逸民先生的文中对三十六湾充满了灵山秀水的想象，又依稀还记得当年浙江省作家协会副主席薛家柱先生一见三十六湾的水就大叫"农夫山泉有点甜"，还记挂着当年那些欲逮未逮的娃娃鱼。恰好水儿自南京来，找了个借口就去了。

这是个上好的日子，天气不见一丝阳光。五月里出门，最怕阳光毒人，又怕霉雨湿衣衫。看看天，又没有下雨的样子。

前几次去三十六湾是到了黄坛村后，从村前的溪中涉水而过的。五月里的脚丫子放进清澈的水里，一股凉丝丝的味道，又不觉冷，不常裸的脚底板印着石卵、抵着足心,总有一种特别的味道。

这次估计是不能渡水了。从黄坛大桥看过去，原来那片裸着的长着青草的沙滩，被水养着了，这般水深是不宜渡水的。虽然胆大的男人依然可以过去，但碰到那些胆小的女人，一不小心会被石头划着，那种尖叫声吓人。所以想了想，还是沿坑而走了，虽然路长了一些，但总安全得多，不必听那种心惊肉跳的刺耳的声音。

可能是我运气不够好，去车上拿水杯时，一部轿车的重量就从我的脚背上过去了，惹得新昌城社区的一帮居民争相问候。到现在我都搞不清是谁一会儿就拿来了红花油。

脚虽瘸，路还得走。

过了一座简易桥，步行不久，却见一座新起的坟立在了路边，坟茔竟有小半个在还在建造中的路上。心中不免不快，就像出门碰着老鸦一样。以前几次来三十六湾，虽涉水，行的又是小路，走得却也顺畅。这次的路虽然宽了好多，却坑坑洼洼地难行。低头只看脚下路，无心再赏山中景。一不小心，搞得来七冲八跌、鼻青脸肿就不划算了。尽管小心着，目不斜视也是做不到的，况且还有远方来客，得尽地主之谊，做些必要的解说是应该的。

湾中虽有水流过，却空失了灵性，变得有些混浊。平时可见的小鱼小虾呢？只记得以前来时，一会儿时间便可见一些开阔地的，今天怎么走着走着，还走不到可以扎营的地方呢？

到了生家地村口，总算看见了一湾，于是扎下营来。

现代人喜山水是因为城市太过喧哗，连空气中都灌满了恼人的气息。

火是烧起来了，捡了些山上的柴。不一会儿，三十六湾的清水便在三十湾的柴草上开了。泡好一杯茶，找一块舒展平坦一点的石头，坐了下来，放松一下自己。再看四周，一些人已脱掉了鞋子将他的整双脚泡在了清水之中，又看同来的人渐渐少了，想必是陪水儿去孙家地村子里转了。深山冷岭之间有这样一个村子，惊异是一定的。年轻人是因为好奇，而水儿则是因为久居城市，向往着融进大山择水而居的生活，亲眼去目睹一下山里人的生活状态。

前次与薛家柱、赵健雄、赵福莲等省城来的作家一起逛三十六湾，没有走这般远的路，沿小路依溪而行，顿觉野趣浓浓，走在町步上，看水不急不滞地缓缓而行，就仿佛可与水中鱼虾对话嬉戏，果真若置方外天地，可与天对话与地谈心、与山风共鸣、与晚霞共醉。

可现在放眼望去，山路已找不到走向，山溪也变成了哭泣的孩子。心中曾实实在在存在过的三十六湾呢？这块曾带给我们许多快乐的风景去哪儿了呢？自然资源是不可再生的，山有山的心跳，水有水的精神。在人类文明进入21世纪的今天，山水已不能随性而生了，人类的金钱活生生地改变了它们的自然生存状态。就像一个老太太的脸，被涂满了脂粉。我看见一条青蛇懒懒地出现在路边，照例，这种青蛇是不会在路上出现的，它只会在柴草丛中、竹梢丝中生活。也许人类惊扰了它，闯入了它的领地，使它恐惧了。

　　正这样想着时，去村子里的人们陆续地回到了营地。说里面的景色很美，里面的水很清山很绿。望着年轻人欢呼雀跃、纵情在青山绿水之间，我看见杜鹃花还如期地开放，只是已经不见了溪边的水杨梅。下次再来，还能见到如此的山花吗？我问自己：下次还会再来吗？

　　"真是个很美丽的地方。可是若干年后，还能有这样的山和水吗？"听这话时，我看见来自六朝古都的金陵作家水儿的脸色有些凝重。

石壁金相，新昌大佛

　　"新昌名迹寺，登览景偏幽"是李白歌咏浙江新昌大佛寺的
诗句。"石壁开金像，香山倚铁围"是孟浩然对大佛寺石弥勒像
的赞誉。大佛寺景区由大佛寺、南岩寺、十里潜溪三大景区组成，
总面积25.5平方公里。作为中国早期佛教传播的发祥地，大佛
寺始终以一尊江南最大的窟内巨型雕像饮誉海内外，并以此证明
新昌大佛寺是中国的佛教圣地。

大佛寺：石壁开金像，香山倚铁围

　　我的笔，实在无法写出大佛寺的神韵，因为大佛寺有太深的
文化内涵。当我踏进大佛寺的时候，我就踏进了一千四百多年前。
"新昌名迹寺，登览景偏幽"是李白歌咏浙江新昌大佛寺的诗句。
"石壁开金像，香山倚铁围"是孟浩然对大佛寺石弥勒像的赞誉。
走进白云湖，便想起了"眼前有景道不得，崔颢题诗在上头"的
句子。行不多久，便见一石林。高大的化石，共有30多棵，最
高一棵高达14米。这些形姿各异的木化石，初看似落尽枝叶的
林木，粗犷雄壮，亭亭玉立，和四周的奇崖怪石、山塘水泉、花
卉草坪，错落有致地组合成天然奇景。木化石色泽黑褐，纹理清
晰，似木非木、似石非石，却重似常石，坚不可摧。论其年龄均
在1亿年以上，与恐龙同时代，是新昌的珍贵特产。

南
北
NAN BEI

我不知道此次来大佛寺是为了寻景呢还是为了访先贤的足迹的。因为从有关的史料中我知道大佛寺自然景色优美，文化积淀深厚，梵音禅说更为这一方圣地增添了神秘和玄妙。寺院四周峻崖穿云，峭壁如削；寺内亭台楼阁，相映成趣，秀树名木，触目皆是；山间四季，景色各异：春日，新篁拂翠，绿柳扶疏；入夏，清风习习，泉韵淙淙；及秋，丹枫如火，水净山明；寒冬，蜡梅吐芳，松柏凝翠。

穿过佛心广场，拾级而上。看到了放生池。云堤垂柳，把放生池一分为二；云堤尽头，一道粉墙把空间隔断。有人说，新昌大佛寺的布局蕴含着园林建筑的精妙之处，又有东方文化的审美意识。所以有诗曰："僧过不知山隐寺，客来方见洞开天。"虽境断但意不断。墙里，天王殿的飞檐在修竹婆娑中忽隐忽现，大佛似已在望。快步进入粉墙右侧的石牌坊，一条笔直的石板甬道呈现眼前，似可直抵翠竹簇拥的大殿。不料甬道尽头，又是一道粉墙挡住去路。大佛若即若离，似露还藏。沿粉墙而至佛殿，抬头却见"共来点"摩崖石刻，大书法家米芾"面壁"二字迎面而来。前行数步，穿过檐廊，方见大雄宝殿，顿生"踏破铁鞋无觅处，得来全不费工夫"的欣喜之感。

大佛静坐石穴，宝相庄严，气势非凡。佛像面容秀骨清相，婉雅俊逸，超然洒脱。据说大佛的雕刻成功，在当时是一件极轰动的事，并引来四方善男信女虔诚的膜拜和由衷的赞叹。当时著名的文学家、《文心雕龙》的作者刘勰为它写了长达2000多字的碑记，誉之为大梁王朝的"不世之宝，无等之业"，"命世之壮观，旷代之鸿作"，极尽赞美之词。

大佛原来端坐在一个石窟内！根据唐诗之路研究专家竺岳兵先生的研究，自公元200余年我国产生第一座石窟寺克孜尔千佛洞，至公元366年莫高窟开凿之间，被"中断"了一个半世纪的石窟历史是由大佛寺衔接的。难怪竺先生的理论是"大佛寺是中国佛教走向繁荣的发源地"。沿着大雄宝殿西侧峭壁的古栈道，有三个依凭天然石窟建成的殿屋：隐岳洞是大佛寺开山祖师昙光的栖身之所，佛缘悠远。朱子亭旁有摩崖石刻"天柱屹然"四字，相传为宋代理学家朱熹所题。亭中悬张着朱熹自书的对联："日月两轮天地眼，诗书百世圣贤心"，极富哲理。朱熹在洞中讲学著书，相传《四书集注》即成稿于此。洞前有朱熹种植的蜡梅一株，人们称之为"朱梅"，仿佛得道似的，至今仍抽枝开花，生机不绝。濯缨亭，原为海岛观音岛，小憩其中，冬暖夏凉，清心爽意。洞前原有白鹇坞，相传为东晋高僧支遁放养白鹇之处。后人羡其飘逸，作诗赞曰："朝看白鹇从坞出，暮看白鹇据坞归。森森绿树西峰下，片片白云迎日飞。固知野性恋山谷，咫尺之间还见稀。"在大雄宝殿斜对面，有一棵宋代银杏，银杏树上寄生着女贞、榆、桂花与香樟等四棵不同品种的树，五树同茂，相亲相依，故称佛寺一奇。

山门前的放生池，原名"隔溪塘"，传说即是仙妪磨杵的地方。放生池分内、外二池，中有长堤相隔。堤上绿柳成行，虬枝逸出，映入涟漪碧波，粼粼曳曳，妩媚动人。绿荫丛中，"越中胜景"的亭阁更添诗意。放生池畔，圆形重叠式的智者大师塔耸立半山腰。这座石塔是佛教天台宗国清寺开山祖师智顗的衣钵塔。隋文帝开皇十七年（597年），智顗法师应诏进京，行至大佛寺，他再也不肯前行，兀坐在弥勒像前，不进食，不吃药，只唱着"般若观音"的歌。四十多天后，大师圆寂了！后人建"智者大师法塔"纪念之，印光大师为其作碑记。原塔在通往隐岳洞的栈道下，"智者大师法塔"的摩崖石刻至今犹存。

近年来，新昌大佛寺扩展成大佛寺景区，其中又增添了众多新的景观。在景区的正门前，新建占地3000多平方米的佛心广场。

峭壁上镌刻着高达20米的弘一大师"佛"字手迹，山脚则刻了巨大的"心"字。佛入心中，心底有佛，原是一种虔诚，又是一种教诲。"佛"字前建了一个直径10米的莲花喷水池，瓣瓣莲花都用汉白玉雕成，直径4米，晶莹的泉水从莲心喷出，洒下一片宁静和清新。誉称"江南敦煌"的般若谷是近期建成的一个新景致，位于大佛寺山门南侧的山谷中，由湖、桥、溪涧、经幢、七级悬瀑、石雕、砖雕、洞穴、石门坎等景观组成，通过石窟浮雕、深雕、线雕、圆雕等艺术造型，折射出石文化的奇光异彩。

盘虎岩对面，华严庵右侧，一座30米高的露天弥勒高耸在峡谷中。"山是一尊佛，佛是一座山"，原本高20米的小山成了大佛的身躯，两膝端坐，袒胸露腹；山巅高达10米的弥勒佛头像虽然是后来所加，但却似自然天成、浑然一体。弥勒慈眉善目，笑口常开，憨态可掬，蓝天白云下更见妙态庄严。

十里潜溪：草木流水总寄情

潜溪无景处处景，草木流水总寄情。

顾名思义，潜溪应该是潜着的。所谓但闻流声响，不见水影在。不见溪水流动，前面尽是一滩接一滩的累累顽石。搬开那石块，果见石缝中有泉水涌动，原来潜流早已隐伏在石块之间了。潜溪之名妙极。现在的潜溪，是可以见到潺潺流水的。溪沿山麓斗折蛇行，迂回蜿蜒。或奔泻或缓淌，一个劲儿地东流而去。两岸怪石如林，千姿百态。走在山谷间的小道上，沿途山容水貌尽收眼底。置身于这绿色天地之中，既有独特之感，又有幽雅之趣。这里的山、水、石是和谐的。沿溪而行，两边景色如画。山不以青论，水不以清比。青和清都不足以道出十里潜溪的韵味。不仅是山石怪异，也不仅是清泉石上流。哗哗水声过处，领略到的应该是远古的气息，淳朴而明净。

高山锁不住大江，巨石压不住小溪。那潜流左冲右突，叮叮咚咚地倔强奋进，终于露出石面。此时溪床渐渐平缓，溪水清清，石头也一反顽性，在水底显现出小家碧玉的温顺。如蛙、如龟、如鼠，时而可见小鱼小虾在水石中嬉戏，若得游人童心大发，时不时有人下水抓蟹摸鱼。

水石友好相处一段路程，偏那岩头又开起玩笑，好端端的突兀而起一柱石峰，挡住水流，溪水只得兵分两路分了再合，这是避实就虚的招式。滴水石穿，望着那溪水急急的湍流往那山崖底部，撞击不停，日以继夜，夜以继日，春夏秋冬，年复一年，历千百年之功力，终于冲刷出了七洞八窟。我想起了这句成语。那些被当地人称为"锣鼓潭""潮音洞""蛙鸣谷""酒盅岩"等象形的潭、洞、谷，莫不是积数千年之力而成的。

但凡有飞流的地方，人们总是愿意把它叫作瀑布。十里潜溪路上的百丈岩也是如此。我见过很多的瀑布，有飞流直下气势磅礴的，也有山水因落差而形成的自成流水。但这里的瀑布有点奇特。两座峭壁相倾，形成巨穴，高达四五十米，深有三十多米，有瀑泉一泓从天落下，半空受岩壁碰撞，溅成烟雾状水沫飘然洒落。人入洞中，只觉雾气扑面。炎夏酷暑，却是难得的清凉世界。明万历《新昌县志》对百丈岩的记载是："两山壁立，上合下开，中露开光一线，有玉华峰、瀑布泉，盖奇景也。"

在十里潜溪，看到的都是画，拾起的都是诗。那一声声蛙鸣，一声声鸟语，都充满着对生命的向往。在那里，我的兴趣全都萦回在山水之间了。越往里走，越显山势的陡峭。林木葱郁、山石峥嵘。仰面望着那耸入云天的表峰，我突然地涨满了热情，像个孩子似的深深吸了口气，面对山谷，放开嗓子，大声地喊了起来："喂——"。

四面八方，立即传来了"喂——""喂——""喂——"的和声。我明白了，这是有灵性的山水。我也明白了中央电视台为什么要选择这里作为外景地，尽情地演绎古人的甜酸苦辣。白云悠悠之下，仁者乐山，智者乐水，这里不正可以一效魏晋，体验古人的心境吗？走进了十里潜溪，便宛若走进了一片世外桃源，真正可以抛却尘世烦嚣，让自己有一方宁静的天地。

南岩：灵鳌载神山，亘古凌洪涛

到南岩不想起任公子是不可能的。

走在那条通向南岩寺的不长的路上，仰望到的便是两侧山体的不同。左边山裸露着的是海的遗迹，右边山裸露着的是岩壁的神奇。南岩寺隐就在右侧山体的洞穴里。修竹掩映，踏上通往南岩寺的台阶，便顿觉神清气爽。说此地是海迹神山，是一点也不为过的。

细细看来，南岩以奇洞为特色。南岩有奇洞，洞在云雾中。大洞小洞，深洞浅洞，洞中有洞，洞洞相连，冬天进洞暖融融，夏天进洞凉飕飕。是谓清凉世界，奇异江山。

有洞就有山，有山就有洞。南岩，洞奇山也奇。南岩的山，突兀而起，戛然而止，棱角分明，于是南岩便有滴水岩、乳香岩、大师岩等称呼。"极目嶙峋双翠岩，层层壁立势巉巉"，便是这浑然一体的天然盆景的模样。因为有奇洞，就有钓迹。难怪当初任公子在这里"蹲乎会稽，投竿东海"。是距今七千年前的一次叫"卷转虫"式的海侵，把浙东的海岸线推进到了三山的山麓，于是便有了有怀抱壮志、锲而不舍的内涵而被后人传颂不衰，后世以"钓"为雅之风。唐诗中的"钓公""钓叟""钓竿""钓翁""钓烟波""钓六合""钓鳌客""钓鳌心""钓沧浪""钓东海""钓夕阳"等都出于此。它们对唐代诗人产生过巨大的影响。前者，常常被用来表达壮阔胸怀的寄情物，后者则成为他们的精神寄托。

在众多的岩洞中，最大的洞要数南岩寺洞窟了。能放得下一座寺庙的洞自然不小。此洞窟深24米，宽有30米之多，佛殿、僧房排列崖下，风雨无侵。据说南岩寺初为东晋高僧释晖所建，应是中国最早的石窟古寺之一。唐宋时，南岩一带寺庙甚多，曾到过800僧众，香火极旺。今日南岩寺在当家果明的努力下，又初具规模了。古庙风韵犹存。尚有大殿三间及东厢房三间，殿前石阶路两侧秀竹千竿，绿茵铺坡，古树穿插，风景幽雅。大殿上悬崖半壁有仙矶岩，相传有仙女织布于此，施舍于僧。殿内佛龛后依岩壁凿有水池一口，时有岩泉注入水中，池水清凉甘甜，久旱不涸，应该是当时僧人用以饮用和浆洗的水吧，现今正好供游人解渴。南岩寺西侧有月光洞，此洞虽小，景致不差，上可窥明月星座，云霞聚散，下可观名山古址，草木丛林。洞崖处有瀑布，时大时小，平日里，细如带子，下雨却也能汹涌奔泻。

又有化云洞，也名观云洞。就在兵舰山的腰部，也是一个巨窟，洞如蟹状，高10米许。洞窟处香枫耸立，松涛奔涌，季节变化之时，不时有团团云霓飘忽，看似洞中吐出，洞名由此而来。化云洞原有铁佛寺，铸有铁佛。这铁佛究竟有何出处，倒是无法考证了。

登上南岩山，看风卷云舒，忽然想起了宋王十朋《会稽赋》的诗句："南岩嵯峨，海迹古兮。"又在不经意间想到唐李绅《龙宫寺碑》："南岩海迹，高下犹存。"南岩于是便在岩壁砂中，依稀可辨有蟹壳贝片之类镶嵌其间，以物触之，纷纷而落。这里原先果真是一片波澜壮阔的海底世界！这小小的山体，又曾经那样真切地陶冶过唐代无数诗人的胸襟。

南岩是狂放的，它展示着的是沧海桑田。

南岩又是阴柔的，她以秀美吸引着无数骚客文人竞折腰。

天姥神韵

冬天是过去了，但枯草未青。

走在天姥山脚的古驿道上，我想到的竟然是这么一句话。

李白呢？谢灵运呢？还有唐朝的名道司马承祯呢？历史的尘烟散去了，留下了几首诗、留下了几个庙、留下了一段据说是他们走过的路。那个著名的道士，在唐玄宗召他出山时路过古驿道上的一座桥时，忽然悟到了许多东西。他再也走不出天姥山，走不出那个后来被道家称为第十六福地的地方……

那天，唐朝的诗人李白忽然兴起，仗剑骑马就来到了天姥山。他要看看被称作道家第十五、第十六福地的地方到底有多少妙处，竟引得世人竞相争吟。又令南朝诗人谢灵运借道辟路，修桥筑驿。

那天，一个画家、一位诗人和一个摄影家三人成行踏上了这座令世人刮目的名山，去探古访幽。沿着刘晨阮肇上山遇仙的道路，他们被一串水珠打湿了脸。飞流直泻呀，一挂瀑布迎面而来，溅湿了他们的梦想。这时，桃花已经含蕾，路边的茅草钻出了嫩黄。未曾上山，便遇到了这般美景，令他们一振，只是眼前的一条弹石小路和山道却让他们不知何去何从了。

谢灵运开山辟路曾作诗道："暝投剡中宿，明登天姥岑，高高入云霓，还期那可寻？"看来，要看到"列缺霹雳，丘峦崩摧，洞天石扉，訇然中开"的景致还得上羊肠小道，虽然过司马悔桥沿着那条卵石铺成的散发着古韵的驿道同样会诱惑着他们。

但毕竟风景是险的好。上山的路崎岖，小径边不时有野藤绊脚、野刺扎手。冷不丁又会从枯草丛中钻出一两只叫不上名的小动物忽地从你的眼前窜出，转瞬就没有影踪。一不小心踩着浮石，听石头滚动下山的声音，在空谷中传出很悠远的响声：天姥，你在何方？

民间有传说说天姥山是因为西天王母娘娘钟爱之至的地方，所以关于天姥山的来历的传说版本很多，最著名的当是当代唐文学研究专家竺岳兵先生提出的这个。即竺岳兵先生、郁贤浩教授及版画家黄丕漠先生和一大群当代的唐文学研究专家历尽千辛万苦，数次登临天姥实地考察，又从浩渺如烟的唐诗里寻根找据，才得出了李白到过天姥山，并在天姥山脚写出那首流传千古的《梦游天姥吟留别》。借景抒情固然是一种起源，但为眼前景色所迷也不失为李太白当年要作这首诗的起因。不仅李白，唐代许多著名的诗人都写过天姥山，杜甫、白居易。因有非常之境，所以引非常之人来此栖息、唱和。

李白说"千岩万转路不定，迷花倚石忽已暝"不正是那如肠樵径、烂漫山花和嶙峋怪岩的写照吗？初春时分，山高的地方按常理山花开放得稍后一点，可这天姥山上居然可以见到些零星的花草含蕾了。诗人见到花草照例是会引出诗兴来的，于是乎，他摇头晃脑起来，而摄影家却举起了相机在寻找他眼中的美意，画家则在举目远眺。这般美意在现实生活中是越来越难寻了。艺术家总是在感叹着大自然的造化，唐朝如此，当代亦然。虽然山路崎岖，却总有人遇山必登有险必攀。所以杜工部要"归帆拂天姥"。坐在半山腰上没有半点世尘的岩石上，他们感悟到的又岂是"神清气爽"这几个字。他们眼中，登时有了十八高僧、十八名士在此谈经论道的盛况。不远处，一挂瀑布飞溅着，虽然没有"飞流直下三千尺"的壮观，却有着大山中小水的清秀。他们扯嗓大叫一声"天姥山，你好"，四面八方立刻回应起"你好"，因为这是真正的大山，它并不像小丘那样高傲。

"熊咆龙吟殷岩泉，栗深林兮惊层巅"，虽然没有见到清猿啼鸣，却看到了绿水荡漾的清幽。人择山而居，山因人而名。"天下名山僧占多"，于是这天姥就有了十八高僧，就来了十八名士，就来了许多迁客骚人！自然的，就有许多人踏梦而来。"惜无同怀客，共登青云梯。"谢灵运之后，李白也"脚著谢公屐，身登青云梯，半壁见海日，空中闻天鸡"了。诗人、摄影家、画家不正是因为这由清幽到壮美、从平凡到奇特、令人心醉的自然风光而来的吗？他们意欲访到仙踪，不经意间，自己也就成了仙人。"千岩万转路不定，迷花倚石忽已暝"啊！奇花未见，异石可遇，目不暇接，流连忘返的岂止太白一人耳？名山处处有奇景，纵情山水便有因。

许是考验这几位的诚心，许是春日本来就气候多变。正在兴头之上，却见头上飘下了毛毛细雨，身置半山，在云海中的几位艺术家不知所措了。上山顶，必是浑身上下全无一点干燥处；下得山去，同样还是毛毛细雨湿衣衫。还是诗人浪漫，他提议雨中登山，说"搞不好上面正有个山洞等我们进驻呢"。看来也只能这样了，寻仙路上，遇这般境地搞不好也是一种乐事。于是乎，身在云海之中的他们继续向上登。他们怀着登天姥山而小天下的壮志，若能在天姥山上体会到"会当凌绝顶，一览众山小"，他们就不虚此行了。可见，人是要有信念的，否则，他们几个便没有了上山的动力。行不多远，果然发现了一块凸出的岩石，下面足可供十来人歇息。真是苍天有眼，天道酬勤。在岩石的下面，看"云青青兮欲雨，水澹澹兮生烟"，真是别有一番天地。在此间展开想象力，天姥山便确乎是一个迷离恍惚、光怪陆离的世界。

原来，那一望无际、青色透明的天空中，不正是这个僻处万山丛中朝暮天象和虎狼出没的环境的折光吗？同样的，那"青冥浩荡不见底，日月照耀金银台。霓为衣兮风为马，云之君兮纷纷而来下"，自然也是峡谷中下有荡漾绿水，上有形形色色瑰异奇岩，丽日高照之时光艳、风起云飞之际又如仙女簇拥着天姥翩翩起舞的幻化……

　　好一个洞天！好一个仙境！神临仙山，光明一片，气象万千。群贤毕至，济济一堂，雍雍穆穆。这难道不是人们梦寐以求的人间乐土吗？诗人头头是道地说起了《幽明录》中刘、阮采药遇仙的典故：汉永平五年（62年），剡人刘晨、阮肇到天姥山采药。天姥山由刘门山、细尖、大尖、芭蕉山、拨云尖、莲花峰等群山组成，崇山峻岭，峰峦叠嶂，千姿万状，苍然天表，林深草茂，荒野僻壤，深不可测。刘、阮二人只管埋头采药，不知道天色早晚，也不知道有否山间小路，抬头一看，觉得天已晚了，又无路可走、肚子饥饿，怎么办？忽然发现山上有桃，就随手摘几个桃子充充饥。一边吃桃子，一边沿山湾小溪走路，在小溪边以茶杯取水时，看见溪中有"胡麻饭"，他们想溪中有胡麻饭，山中必定有人家，二人就沿小溪山路前进，只一大溪，溪边有两位女子，十分漂亮。这两位女子看见刘、阮二人手持茶杯，便笑笑说："刘、阮二郎为何来晚也？"好像老朋友相识一样。刘、阮二人一惊，不容迟疑，就被邀到家。走进家门，房内绛罗帐，帐角上挂着金铃，上有金银交错，还有几名婢女。随伴进房间与二位仙女结为夫妻，各就一间帐宿。过了十天，刘、阮要求回乡，仙女不同意，苦苦挽留半年。子规啼春，刘、阮思乡心切，二位仙女终于允许他们回去，并指点回去路途。刘、阮到家找不到旧址，到处打听，结果在一个小孩子（第七代孙子）口中听到，长辈传说祖翁入山采药，因迷路不知道在哪里。刘、阮在山上半年，山下已经到了第七世即晋太元八年（383年），过去了几百年时间，没了老家，只得返回采药处寻妻子。结果刘、阮二人怎么找也找不到妻子，就在那溪边踱来又踱去，徘徊不定。后来该溪叫惆怅溪，溪上的桥叫惆怅桥。说到这里，诗人竟又吟起了刘禹锡的"种桃道士归何处，前度刘郎今又来"，惹得画家和摄影家笑他"他日时清更随计，莫如诗人洞中迷"。

天解人意，毛毛雨总算不再飘了，云雾也渐渐散去。

李白在徜徉山水间后，问山水"别君去兮何时还"后又说"且放白鹿青崖间，须行即骑访名山"。

诗人、摄影家和画家一起再向山顶进发。

就要到山顶了，却见一湾清亮的水。属于水的妩媚有很多种，缓缓而流动的那种，是最动人心的。而这里的小水，在湍流直下以后，变得逶迤缠绵，这充满野味的水，散发着的，就是天姥山的清新。天上有了太阳，在春日阳光的照耀下，晶莹剔透的水面在树木的映衬下，会让人想起"叠叠云岚烟树榭，弯弯流水春日中"。

艰难地爬上峰顶一块大岩石，诗人、摄影家、画家止不住大声喝彩。只觉四望天低，众山俯伏，层峦叠嶂，莽莽苍苍，气势非凡。峰顶独立天表，显得格外的雄奇壮观。极目远眺，山下清溪环绕，一边地势跌宕有降，另一边地势又缓缓下沉，真可谓"对此欲倒东南倾"。峰顶岩石峥嵘，潭碧泉响，云霓明灭，让人有置身于瑰丽奇异的梦境之感……

天姥灵山秀水，仙姿丽质。也难怪自晋以来，支遁、竺潜、王羲之、谢安石、戴逵、孙绰雅集天姥，与当时出现的兰亭盛会，成为中国古文化史上的风流韵事，千载之下，犹令人心驰神往。支道林买山还隐、王徽之雪夜访戴及任公子钓鳌等典故莫不与天姥山有关。千百年之后，天姥山依然散发着它独有的魅力。它虽无黄山之险、桂林之秀，但它依然在唐诗之路上向世人展示着它的神韵。白居易说"东南山水越为首，剡为面，沃洲天姥为眉目"，活脱脱地道出了天姥山在东南山水中的地位，当这一幅美人图呈现在你的眼前时，你无法不去留意这有"眉目"之称的天姥。

那天，诗人酝酿了一首诗，画家动心要创作一幅画，而摄影家摄了很多作品，还天姥山的本色！

为伯增兄《一点遗憾》所作的序

坐在傍晚的池塘边上，看到光秃秃的荷秆。在责怪自己的愚蠢。那是因为我欲除蚜虫却将除草剂当成了除虫药。在无知的错误之后，留下的遗憾就是：今年，我的池塘里是见不到婀娜多姿的荷花了。"小荷才露尖尖角，早有蜻蜓立上头"，那真成了旧日风景。

继而想到了伯增兄的《一点遗憾》。认识伯增兄应该也有近三十个年头了。那时候，写文章的人可能比现在多，但能闻名者则寥寥，而伯增兄就在这寥寥之中。我一边读着他的文字，一边不经意地就在某个特定的场合心怀敬意地认识了他。用伯增兄现在的话来说，他是属于其貌不扬者，但其实不然。除了个子显得有点矮以外，嘴眼鼻长得全是地方。戴一副近视镜，斯斯文文，话语间充满了幽默风趣。

我用植物作为这篇文字的开头，皆因伯增兄是农大毕业的高才生。那时候的大学毕业生寥若晨星，本身就罩上了一层神秘的光环。只是我直到现在也没有弄明白，为什么农大的毕业生搞的不是植物学研究，现在居然还栽种起了文艺百花园。我在想，这是不是也是伯增兄的一点遗憾呢？

应该说，伯增兄的遗憾是不多的。带着他农大的专业知识，栽种培育着各式各样的粮食和蔬菜。在新昌这个山水品质之城里，伯增兄带着他那一盘小小的太阳花，穿行在各个首脑机关的办公室里。据我所知，能在县委办、政府办、人大办、政协办各个部门都待过的，在新昌政坛里是绝无仅有的。后来，伯增兄又在计生、科协等部门做过头头脑脑。当他来文联担任主席时，他已经积了数十年的经验了。而文艺，需要的也正是需要经过各种滋养才会生长的东西。

《庄子·天地》中有这样一段话："黄帝游乎赤水之北，登乎昆仑之丘，而南望还归，遗其玄珠。"这是成语"遗珠之憾"的由来。这个成语的意思是指丢失了不该遗失的珍珠而感到遗憾，喻指弃置未用的美好事物或贤德之才。这个成语用在伯增兄的文章中好像不大合适。因为我感觉依伯增兄的个性和他的经历，遗憾没有这么巨大、宏伟。伯增兄的遗憾大抵是一些小小的遗憾，他把书名起成《一点遗憾》，就说明他是个倡导正能量的人。人活在世上，没有遗憾那是不可能的。维纳斯的断臂、斯芬克斯的人面兽身及至植物的雌雄同体，都不能不说是一种遗憾。但是这些遗憾构成了人间大美。遗憾是人生中必不可少的音符。因为有遗憾，人类才有追求完美的勇气和决心。为人和为文皆应如此。

以前读伯增兄的文字，感慨良多。现在看来，伯增兄对文字的态度是非常严谨的。在伯增兄就任文联主席以前，我只是不断地在读他的文字，不断地有关于他的消息传入耳中。一会儿到这个部门了，一会儿到那个单位了。记得有一次在大院内遇到，他告诉我到计生委去了，他戏言说计生与文字关联很大，以后要多多合作。虽然没有合作过，但我对伯增兄的认识加深了一些。认真，应该是他的风格所在。我是喜欢认真一些的，我觉得认真是一种态度、一种工作作风和人生态度。认真过了，遗憾也会少许多，毕竟是尽力地认真地做过的。有些遗憾，确实不是光靠一己之力就会没有的。就比如伯增兄作为农大的高才生没有为粮食和蔬菜的研究做过工作。为了弥补学没有致用的缺憾，伯增兄在阳台上种起了蔬果。我想这就是伯增兄落地的快乐。

从太阳花的栽种到精神食粮的引领，伯增兄做的是接地气的事。人接地气，犹如种子入土。发芽有发芽的快乐，出土有出土的快乐，开花有开花的快乐，结果有结果的快乐。即使偶尔有虫子啃点叶子，留下一些缺口、留下一些遗憾，也反证了环保的价值。

我无意从哲学层面去探讨伯增兄的存在和意识的意义，我只是凭借对伯增兄的文字和为人的了解，说这样的话：伯增兄的人生，略有一点点遗憾，但不是遗珠之憾。就像我荷塘里的叶，最终还是舒展开了身子。

等待诗歌

——为张炎诗集所写的序

张炎先生的诗集即将付印，嘱我为他的诗集写个序。我深觉汗颜。因为我不写诗歌已经多年，自我感觉也离诗渐行渐远。我始终认为写诗是年轻人的事，所以那些年长了仍在写着诗、用跳跃的思维刻画着世界、抒发内心深处对美的渴望的诗人常常使我感动！我非常羡慕他们那种良好的心态和年轻的心灵。在这样的感动中，一个瘦高挑的肩扛摄像机的张炎向我走来，向我们款款走来，缓缓地走向了诗歌。我从诗歌中认识了张炎，也在诗歌中理解了张炎。

当国外诗歌的表达方式渐渐为国内诗人所接受时，诗人都努力地寻求着一种变革。但张炎寻求的不是变革，他是在国外诗歌理念中，寻找着适合自己诗歌的表达形式，这种寻找是积极的。当传统的诗歌概念发生了变化，张炎还依然坚守着这份执着，这是很不易的。

我与张炎先生接触并不多，有关他的更多消息是他的文字、他拍摄的电视画面和他透过画面表现出来的思想。我大抵认为张炎是个敢于挑战自我、挑战现实并孜孜不倦于诗歌的年轻人，他的诗歌，有时是狂放的，有时是含蓄的。唐诗宋词给了他充分的营养，于是他的诗既有辛稼轩的奔放，又有李清照的婉约，是"豪迈与悲情的结合"。在这两者之间穿行，是必须具备适应角色的能力的。正因为这样，张炎的诗歌显得尤为生动、尤为灵动。

我无意从张炎先生的诗歌中去寻章摘句，无主题变奏更能使诗歌从体验中得到升华。

张炎先生的居处，是唐代诗人李白寻梦的地方。那个叫天姥山的地方，曾聚集十八位高僧、名士。又有刘、阮采药遇仙的传说。桃花坞里看桃花，天姥山脚吟诗人。这本来就是一种诗情画意。

张炎的诗歌，画面感很强，而产生强烈画面感的主要原因是诗歌从形象到意象的转换，这是一种技巧。张炎先生是非常熟练地掌握并运用了这种技巧的，所以他的诗耐读。他的视频作品能从一个普通的主题表达升华到一定的思想深度。他的诗歌作品亦是如此。无论是亲情、友情还是爱情的表达，我觉得他在诗歌中表达得非常到位，这是十分难得的。我在读张炎诗歌时，常常能从诗中引起共鸣。

张炎先生有个笔名叫"一指"，一指者，天马行空。五指合拢，其显现的是群体的力量。而一指者，可以不受牵绊。一指擎天，非一指力量足矣，而是一指足矣，所以张炎先生是自信的。自信而又热爱着诗歌的诗人，其生活势必是诗化的。诗化的生活会带给他诗化的生命质量，诗化的生命质量又常常会引发诗人的诗情。正是这种诗情，引发了张炎先生对人类心灵的关怀、对时代精神的言说与提升、对终极理想的追求与趋近。

海德格尔哲学中有一个词叫作"敞亮"。张炎先生在他的诗歌作品中把"敞亮"这个词演绎得相当透明。在存在的前提下，张炎先生把对日月与星辰、真理与美、大气与波涛理解成了不单是一种种意象的重复。亲情、友情等看似虚无而实质上却关联着整个人类的情绪在他的诗里得到了充分的述说。

诗歌表现的是一种灵性的美，而这种灵性的美在金钱主宰的世界里越来越少。读着张炎先生的这些诗歌，我们更有理由去等待诗歌、去等待人性的诗化，也更有理由期待张炎先生吟唱得更出色。

游弋与融合

——为永富新书作的序

　　我一直固执地不肯将泛散文列入散文中。因为在我看来，那对散文是不公平甚至是不严肃的。我意念中的散文，它应该是以文学性为先的。但明清笔记告诉我，散文本身是相当宽泛的。这样一解读散文，我便发现游弋在小说、散文、诗歌间的俞永富的散文其实有很大的可读性。

　　永富是我很多年前就结识的朋友。那时候他正在读高中。他跟他的一个同学丁国祥一起来舍下，记不清是为了诗社的事还是来交流诗歌作品。那时我正热火朝天地跟国内的一些年轻诗人一起办诗社、出诗刊。见面以后，虽然不常交流，但我跟永富的交流没有停止过。跟国祥也一直往来着。永富在上大学时，我们还有过一些书信往来。

　　永富大学毕业以后，当过一段时间的中学老师。那时听说他迷上了摄影，常常一个人跑来跑去，钟情山水间。后来又听说他不教书了，跑到一个沿海城市开了家照相馆，生意好不好我不得而知。听国祥说，那时永富做了一家足球报的特约撰稿人，在足彩方面很有研究。

　　很多年以后见到永富，是在他弟弟的婚礼上。他通过国祥找到我，让我去他家喝杯他弟的喜酒。我去了，见到了他，精神很是不错。略谈，方知永富还在进行着文学创作，不过现在他已经不单写诗了。我当时约了他一个小说，刊发出来后读者评价很不错。

　　前年，我收到过永富的一本散文集。仔细地读了，在那本叫

《驿路漫踱》的集子里，我读出了他的一些思想，想为这个集子写一些文字，终因生性懒散而未成文。此后，我便格外留意起永富的散文来了。

去年中国青年出版社、《青年文学》杂志社的一个全国性散文大赛在天姥山脚颁奖，我从作者名单上看到永富也获了奖。可能与永富生长在天姥山有关，他写天姥山的文字很细腻也很灵动。也许因为延伸着天姥山的灵脉，所以永富的散文不算博大，却很有内涵。他的创作散发着的，是那种简单的诚实。没有丝毫的做作，文字干干净净，思想明明白白。

天姥山这个地方，说它无可观，却偏偏有李白名篇《梦游天姥吟留别》；说它太有景，又不见得有"天台四万八千丈，对此欲向东南倾"的气势。但在唐宋时代，它又确实很有名。王羲之、谢安、孙绰等十八名士，竺道潜、支道林、白道猷等十八高僧唱和天姥沃洲，余韵仍在。他们或泛一叶扁舟，寻迹桃源；或杖藜寻壑，曲尽窈窕；或买山还隐，抚琴长啸。当时的天姥，确乎是个有魏晋遗风的地方。

永富的散文耐读，我认为还与他既写诗又写小说有些关系。永富的散文中，有诗歌的秀美之气，也有小说的凝重思考。读过他的散文，多少会思索一些什么，又会看见一些什么。直到现在，我仍然搞不清永富究竟适用什么体裁来进行他的文学创作更合适。读他的散文，觉得他的散文比小说耐看；看他的小说，又觉得他的小说要比他的散文更有一些嚼头。如果把小说、散文、诗歌当成滔滔之水，那么俞永富无疑是条自如的鱼。游弋之后，浑然天成成就了他的散文创作。

现在永富的新作就要付印了，我很高兴，永富嘱我为他写几个文字，作为他的朋友，我觉得我交代永富的创作背景比评判他的散文更重要。这有利于读者理顺永富创作思路，至于思想，读者会从他的文字里感受到。

雨 意

——读《雨窗集》

  当代散文正在逐步丧失它作为纯粹的文学式样而存在的个性。这绝非危言耸听。当散文的触角开始伸向每一层面上来，大批真真假假的散文把笔伸向了四面八方。这当然也没有错！但散文不能贫血，光美文是不够的。基于此，我努力从各种散文作品中寻找力量和勇气，于是我读到了唐樟荣先生的《雨窗集》。

  唐樟荣先生是个读书人。正因为是个本质意义上的读书人，所以他读书不功利，这可以从他的《雨窗集》中占了很大篇幅的读书笔记中看出来。他不去追求表面的时尚，也不贬斥革新，他把自己沉入生活之中，冷静地去体验深刻的人生内容，努力在社会中去把握人的内心世界，并在创作方法上把传统的读书笔记与今天新兴的艺术形式相结合，使他的作品少了技术的浮躁，更多地反映出人生三昧的思辨，质朴而不淡白，深刻而不晦涩。翻开《雨窗集》，我们可以看到唐先生原来是读书亦读人生，他的读书笔记如同向朋友述说他的读书故事。他娓娓而谈，真实坦诚，生动有趣。书是别人著述的，而见解则是他自己的。因他说"读书读到会心处，难免心痒手痒，信手涂鸦，而涂鸦的精粹就是文学批评。所以阅读是一种创作，至少能激发你的联想，使你逸兴湍飞"。读书的人，是快乐着的人。所以他读四诗五经、读四大名著、读唐诗宋词、读当代小说、读明清笔记。读书，成了一种独特的生活方式，成了生存中的一种需要；而思想，则成他所能

南
北
NAN BEI

感到的全部存在，毕竟，樟荣先生的读书笔记并非泛泛地记述读书人的读书生活，而是真实地描述了一个读得多看得多想得也多的读书人的所见所闻所思所感。

他的散文小品是从古代、现代、当代的大师肩上站起来的，这就使他的散文既具有其鲜明性，同时又充满意想不到的无微不至，处处闪现出东方人细腻的光辉。我在《雨窗集》中数次读到了南朝名士陶弘景的小诗："山中何所有，岭上多白云。只可自怡悦，不堪持赠君。"看来，樟荣先生是个自怡悦者，他在读书写作中获得了常人不常有的快乐。即便在怀念过去的时候，他也充满了快乐。他在一篇《喝冷水》的小文章中引用了一句俚语："若要黄胖好，冷水端肚饱。"我以为这冷水就像他的《雨窗集》，可以滋润心田。

在我的印象中，樟荣先生是位谨慎的君子。他搞了多年的地方志工作，他熟悉这里的山水风光、风土人情，所以他的散文写得最多的是他所熟悉的人和事。一张春饼，他信手拈来就成了一篇美文；一棵古树，引发了他考证的兴趣。洗尽铅华之后，他奉献出来的是一种质朴透明。

在平白的语言下，我们可以看到樟荣先生散文主体观念的臻熟，散文语言的简洁，平缓而又真情，达到了锤炼语言的效果。万卷书读了，那么就要行万里路。在行路的过程中，樟荣先生善于让各种形象在他的描述中运动；在与自然的亲密接触中，他力图自然注以人格力量，洞悉自然的灵犀；在沉默的自然身上看到人的心理状态的反差，感觉事物之间最初的联系。当他行进在大山上，他听到的大山灵魂深处的心跳，并努力地把这种感觉传导给读者。比起那些堆积浮华假象的散文作家，唐樟荣无疑更是智慧与真诚的。《雨窗集》更是值得一读的。

兼收并蓄　疏密有致

　　一张硕大的桌子，地上散乱地堆着一些有墨痕和没有墨痕的红星牌宣纸。房子的顶楼平台，是志良兄种养兰花的地方。这是我最初对志良兄书法的感觉。在此之前，或者更早一些，志良兄早就对书法情有独钟了。我曾从别人的闲谈中知道，上高中时，志良兄的书法在同学中已小有名气。

　　我是由兰花而认识志良兄的书法的。在他的书法尚未到火候时，他的兰花种养已经炉火纯青了。兰农的名号响当当，那绝对是要胜过他的书法的。我从志良兄处认识了很多的兰花品种，也学到了一些兰花的鉴赏能力。梅瓣、荷瓣等专业名词，绝对是从志良兄的口中得知的。

　　后来发现，志良兄痴书法。我曾对他用红星牌宣纸练书法一事惊呼他是土豪。一些画家和书家都为之惊乍。这些细节，志良兄本人倒未必记得，但一提起志良兄的书法，我眼前浮现的就是这么一个画面。

　　这么多年过来，志良兄一直在坚持。

　　我向来以为，书法是要以广博的知识和广泛的生活积累为基础的。涉猎的面广一些，在书法作品的表现上便会从容一些。所以这些年来，志良兄既写楷书又练行书，甲骨文、金文、汉隶也时常涉猎。近年又拜师中国美院韩天雍教授学习古文字书法。

　　因为志良兄的汉字知识丰富，我是常常将他作为我的活字典的。遇有不识的汉字，我总是询他。特别是一些甲骨文、金文等古文字，他无数次地做过我的老师。听说一些出版社的编辑也常常找他问字。他的汉字知识惠及很多人。

早年我曾在志良兄的书房里见到过潘主兰先生的一幅朱竹以及潘先生用甲骨文写的对联，对联的内容我忘记了，但潘先生古朴的字我还记得。

志良兄军人出身，大学时学的是建筑。

因为他所在的部队在福州，所以他有缘遇到了潘主兰先生，并且从那时起，对古汉字有了浓厚的兴趣。他追随潘主兰先生多年，研习甲骨文和金文，又融会贯通地研习书法篆刻。

又因为是学建筑的，所以他的书法总能从建筑中的结构、力学等方面得益。张弛有度，细则似潺潺水流般流动，粗则像擎天柱般气吞万里河山。

更因为他是兰农，他可以从兰花的叶型、花型中得益，并在书法中得到广泛应用。

志良兄善读，读碑帖，读古诗文。记得我曾送过志良兄一本关于合辙押韵的书。缘于那天志良兄来访我，谈起书家要用书法来表现自己的思想，想研习诗词，我便顺手从书柜上找出来送他。我觉得，把这本书送给志良兄，是值得的。

看志良兄的书法作品，谋篇布局独到，这可能得益于他对文章结构的研究。我这个外行人以为，书法作品仅靠线条墨色是不够的，它应该包含更多更大的信息量。作品表和里的统一，才是书家的上品。王羲之的《兰亭序》之所以流传至今，不单是书法好，文章也好。这才是《兰亭序》经久不衰的原因。

志良兄吸取了各方面的养分，应用到了他的书法创作上。

所以他研习书法三十年后，产生了质的变化。

厚积薄发，三十年的沉淀得到了爆发，2013年起屡屡入选中国书法家协会主办的全国性展览,第七届全国书法新人新作展、首届"沙孟海杯"全国书法篆刻作品展、"王安石奖"全国书法篆刻作品展等,一个接一个,特别是2015年的第十一届全国书法篆刻作品展,从四万两千余作品中,经过层层淘汰,成为入展六百八十一件中的一员,显示出其实力。

这些成绩的取得,当然离不开志良兄多年来孜孜不倦的书法创作实践,更离不开他对周围事物的仔细观察以及他对生活的热情。他的家里,龟行鱼游、莺歌燕舞、猫欢狗叫,这是一个很生动又很有生活气息的家。在他的家里,墨香就着兰香,梅花吐蕊,雀儿报春,走到他家的阳台上,就宛如进入了大自然。那些神秘、那些清新都可以在他的阳台上体会到。走进他的书斋,仿若进入上下五千年。

因为深厚的古文字功底,所以志良兄的篆刻也相当独到。他和喜欢篆刻的朋友一起成立了新时期全国第一家微印社。为了让书法篆刻事业后继有人,他们进入了全公益的模式,培训了很多篆刻新人,有许多已经崭露头角。不仅篆刻,志良兄还会为后来的书法爱好者传经送道,把自己对书法的认识和创作技巧毫无保留地传授给别人。我从来都没有听说过哪位初学者去请教他而被拒绝的。逢年过节,下乡义务写春联的场面上必有志良兄的身影。

我之所以不厌其烦地描述志良兄的日常生活,无非想说,是对生活的热爱成就了志良兄,是兼收并蓄让志良兄的书法创作上了一个又一个新台阶。

南
北

NAN BEI

消暑，就是《山上的鱼》了

似乎很久没有好好读书了。整理爹的遗物，发现爹把我给他的书都非常整齐地码在柜子里。翻开，还不时地看到有批注，可见爹是非常认真地读过这些书的。这使我感到歉疚，我应该多跟爹交流读书心得。事实是，我极少跟爹谈书，只是偶尔会拿几本闲书过去让爹翻翻，也大都是演义和传记之类的。爹的记性比我好，到晚年仍记得他骑在牛背上遇见从四明山败下来的日军打小钢炮发泄的情形。爹其实是很想我成为读书人的，可是我一辈子游嬉浪荡，终于还是没有成为读书人。

前些日子，祥夫先生在昆明给我发微信，说要给我寄新书。我大喜。自从读到过祥夫先生的《油饼洼记事》后，就一直喜欢他的文字。读他的小说，读着读着就出不来。看他的散文，总觉意犹未尽。上千数千年，会在他的笔下突然变得生动有趣，仿佛他曾穿越过，于是情景再现。

于是就从山西飞过来《山上的鱼》。于是我又看见了那年在新昌的某家小酒馆里酷酷的他。看见胡了麻将就手舞足蹈的祥夫先生。

我怎么也没有想到，当我想静下来在炎热的夏季读本书的时候，我想到的居然是要读祥夫先生的书，而且居然就有先生的新书出现在我的书桌上，这真是一种神奇。就如我在冥冥之中神奇地看到我爹读书的模样。

祥夫先生不仅文章做得好，好到得过鲁迅文学奖的第一名，好到得过数次国内知名的大奖，画也画得出神入化，还把画展办到了温莎。荣宝斋的拍卖，数次都有他的作品。我从好几本诸如《上海文学》之类的文学期刊上读到过先生的画作，可想先生的画是如何如何地被人喜欢着。

　　先生某次给我快递了一幅画，说这次给你画张鸭子，下次我给你画幅鸡，这样就鸡鸭全有了，你记得提醒我。这次先生寄书之前告诉我，说是在书里夹了张画，我满以为是鸡。打开却是一幅山水。鱼上山了，莫不是鸡在水中？

　　我爹遗下的书，我让它们原封不动地码在爹的屋子里。今年夏天，是特别地热。今年消暑，就是祥夫先生的书了。我想象着祥夫先生此时在山西的家里写小说的情形。他说这段时间，他要写几个中篇。如果此时先生尚未就寝，就让我遥遥地跟先生说声：先生，天快亮了。